AFONSO CELSO

GIOVANNINA

Coleção
GRANDES CLÁSSICOS DA LÍNGUA PORTUGUESA

VOLUME 10

★ BRASILIARIS ★

Editor-chefe:
Tomaz Adour

Revisão:
Equipe Vermelho Marinho

Capa:
Spirit

Diagramação:
Marcelo Amado

Texto revisado segundo o novo Acordo Ortográfico da Língua Portuguesa.

Dados Internacionais de Catalogação na Publicação (CIP)
Fabio Osmar de Oliveira Maciel – CRB-7 6284

C394g

Celso, Afonso, 1860-1938
Giovannina / Afonso Celso. – 1. ed. – Rio de Janeiro : Brasiliaris, 2023.
106 p. ; 21 cm. – (Grandes clássicos da língua portuguesa ; v. 10).

ISBN 978-65-86082-92-0

1. Teatro brasileiro. 2. Literatura brasileira. I. Título.

689-62-23 CDD : 869.92

Índice para catálogo sistemático:
1. Teatro : Literatura brasileira 869.92

EDITORA VERMELHO MARINHO USINA DE LETRAS LTDA
Rio de Janeiro — Departamento Editorial:
Avenida Gilka Machado, 315 — bloco 2 — casa 6
Recreio dos Bandeirantes — Rio de Janeiro — RJ
CEP: 22795-570

VERMELHO MARINHO
www.editoravermelhomarinho.com.br

SUMÁRIO

APRESENTAÇÃO

O selo Brasiliaris é uma iniciativa da Editora Vermelho Marinho com a Spirit, que tem como objetivo resgatar todas as obras clássicas da literatura brasileira que estejam em domínio público. Independente do autor ou da época em que escreveu, a coleção pretende publicar todas as obras de todos os autores que estejam disponíveis para publicação ou digitalização.

É um trabalho de longo prazo, pois citando apenas alguns autores muito conhecidos, como Machado de Assis, José de Alencar e Joaquim Manuel de Macedo, descobrimos que eles têm uma obra muito extensa, incluindo romances, contos, novelas, poemas e textos teatrais, fora artigos em ensaios. E muitas dessas obras não se encontravam mais no mercado. Até agora.

Tomaz Adour, o editor da coleção, já vem fazendo este trabalho de resgate há mais de 10 anos, conseguindo trazer de volta ao mercado autores do porte de uma Júlia Lopes de Almeida, A. G. Teixeira e Souza, Paulo Setúbal, Coelho Neto, Francisca Júlia, Bruno Seabra, Carmen Dolores, Martins Pena, João do Rio, Coelho Neto, Chrysanthème, entre tantos outros que lançou na Coleção Grandes Clássicos.

Com o apoio da Spirit e sua experiência em design aliada à sua paixão pelos livros, estes e outros autores irão ganhar roupagem nova, com edições especiais com orelhas, edições especiais em capa dura, além de ebooks a preços acessíveis para todos os leitores.

Este projeto ambicioso é uma forma de levar ao público tudo de bom que foi produzido em nossa literatura, permitindo que os leitores tenham acesso não apenas às obras mais famosas dos principais autores, mas também a obras que estão fora do mercado há décadas ou mesmo séculos. Com isso, um leitor que se apaixonar por um livro de um autor poderá conhecer toda a sua obra.

É um trabalho de garimpagem. Temos mais de 10.000 obras a serem publicadas e estamos atrás de obras perdidas, esquecidas ou que possuem poucas cópias em bibliotecas ou coleções particulares. Por isso, todo apoio é bem-vindo. Cada leitor ou amante de livros que deseje sugerir ou indicar uma obra receberá os créditos e será um colaborador da coleção. Acreditamos que, desta forma, obras perdidas ou com cópias desgastadas poderão ser resgatadas, desde que haja um colecionador ou uma biblioteca que a possua. Se quiser colaborar, basta nos escrever.

Que os leitores possam descobrir cada vez mais as obras de uma das literaturas mais importantes do mundo!

A Raimundo Correia

Em sinal do muitíssimo que o admira e do muitíssimo que o estima, oferece

O AUTOR.

Alto da Serra do Petrópolis, 6 de maio de 1893

NOTA

Quando compôs este trabalho — que não é nem um romance, nem um drama, mas tímido ensaio simbolista —, não conjecturava o autor que as relações entre o Brasil e a Itália chegassem à situação crítica dos últimos tempos.

O entrecho de *Giovannina* é inspirado pela emigração deste país e se resume no consórcio de uma italiana com um brasileiro.

Os recentes acontecimentos, que o autor deplora, colocando-se ao lado dos que mais ardentemente pugnam pelos brios da sua Pátria, tornaram talvez inoportuna a publicação da obra, mas em nada alteraram o pensamento d'onde ela se originou.

O autor, a despeito de tudo, continua a acreditar que a prosperidade e a glória do Brasil dependem da fusão dos bons elementos indígenas com outros bons elementos vindos de fora, preponderando os primeiros, porém sendo indispensáveis os segundos. Acredita também que constitui um serviço propagar pelos meios sugestivos da arte essa convicção.

Com tal intuito escreveu *Giovannina.*

Muito feliz se julgará se o seu humilde esforço contribuir, de modo insignificante embora, para que as ideias de paz, confiança recíproca e íntima solidariedade reinem sempre e indestrutivelmente entre todos quantos vivem e trabalham no solo nacional.

Alto da Serra — Petrópolis, 2 de setembro de 1896.

10

QUADRO PRIMEIRO

Em um nicho meiga e risonhamente ornamentado, sobressai mimosa Madona, a cujos pés vela a estrelinha do uma lamparina. Instrumentos oratórios quedam abandonados nos cantos. Junto ao fogão mal aceso, ei-la reunida, sentada em toscas cadeiras, a família de Benedetto. Este, torvo o semblante, tira longas e lentas baforadas de escuro cachimbo. Sua esposa, Isabella, auxiliada de Giovannina, remenda, a despeito de tíbia luz, velhas roupas, quase imprestáveis. Dormita encolhido o pequeno Luigi, o corpo sobre o solo de terra batida, a cabeça apoiada nos joelhos da mãe. O filho mais velho, Gualtiero, imóvel, as mãos nas algibeiras, enlaça às brasas indecisas da lareira a chama túrbida do seu olhar. Fora, adeusa-se o crepúsculo. O vento, a reveses súbitos, insurge-se em desesperos, seguidos de comatosa inércia. Jaz tudo exânime; enquanto o firmamento, fleumaticamente hostil, vai crivando o campo da metralha lívida, silenciosa e implacável da neve. Almas e natureza embebe-as até ao mais íntimo, o frio, a treva, a melancolia, o desconforto...

BENEDETTO — Horrível tempo, horrível terra, horrível vida!

ISABELLA — Cada vez mais cruel se torna o inverno! Quanta miséria, quanta desgraça por aí além!

BENEDETTO — Por aí além, dizes mal. Aqui mesmo já soou a hora da irremediável penúria.

LUIGI *(estremunhando ao som das vozes)* — Tenho fome... sinto frio... tenho fome... sinto frio...

ISABELLA — Dorme... dorme, meu filho.

BENEDETTO — E nem só o inverno nos faz padecer. Rudes também as provanças do verão! Certas criaturas o destino mau flagela-as sempre, como um carrasco permanente a um condenado perpétuo.

ISABELLA — Causa-me arrepios a lembrança das mulheres que trabalham nos arrozais, metidas dias inteiros na água aquecida e putrefata pelo sol de fogo. Abaixam-se de momento a momento para arrancar as sanguessugas que lhes mordem e esburacam as pernas e os pés...

BENEDETTO — E as febres malignas que se respiram no ar semeado de morte... E a pelagra incurável, ateada nas carnes, semelhante a uma flama invisível e surda, pela alta temperatura, e proveniente do uso das castanhas ou da *polenta*, única alimentação... Ditosos, todavia, os que ainda possuem castanhas e *polenta!...*

ISABELLA — Prefiro, entretanto, o calor que mata em excessos de vida ao frio que afugenta a seiva da natureza para misteriosos esconderijos. O inverno amortalha os campos, encurta os dias, produz as inundações... As inundações, as insidiosas e terríveis inundações, arremedos imerecidos do dilúvio... Tímidos e amigos regatos transformam-se de chofre em furiosas torrentes; saltam alucinados de seus leitos; devastam num minuto o fruto do trabalho de longos anos — canais, diques, estradas, plantações; submergem aldeias inteiras; invadem o mísero lar dos camponeses; expelem do derradeiro refúgio, quando desde logo não os afogam, velhos, mulheres, crianças tiritantes; inutilizam ou destroem tudo quanto os desgraçados ajuntaram; não poupam as mais sagradas relíquias; deixam, por fim, como vestígio da sua passagem, um estendal de lama donde brotam os miasmas do tifo. Tens razão, Benedetto, horrível terra, horrível vida!

GIOVANNINA — Oh! Nossa terra é bela! A gente agradece a Deus a existência como um benefício e um gozo, quando, em manhã clara, contempla da torre de uma catedral antiga a infinita planura, fecundada por incessante labor, e pontilhada de cidades e cidades, cheias de tantas e tão gloriosas recordações. Dize tu, Gualtiero, tu que és sábio, tu que lês tudo, dize quão formosa é a nossa pátria!

GUALTIERO — A Itália é formosa, em verdade. Outorgou-lhe a sorte, na frase do poeta, o dom infeliz da beleza. Cada uma das suas cidades representou outrora um estado soberbo; cada uma representa ainda agora um escrínio de maravilhas. Para possuí-las, tremendas batalhas feriram os povos, através das idades. As nossas planícies têm bebido o sangue misturado das mais desencontradas raças. Durante séculos, fixou-se aqui o centro do mundo, onde imperadores e reis recebiam a indispensável investidura de seu poderio. Subsiste em Roma o mais absoluto soberano do globo, o que reina sobre maior número de consciências — encarnação da divindade, proclamado infalível. Na arte, na ciência, na política, na religião, na guerra, gerou a Itália falanges de gênios, de heróis, de santos. Falassem as coisas e cada recanto da paisagem pitoresca, cada grão de poeira do solo legendário poderia evocar um monumento, celebrar um grande nome, rememorar um nobre feito. De que servem, porém, tamanhas tradições?! Presentemente, a Itália, como aliás a Europa inteira, debate-se no infortúnio e na iniquidade. Mas a nossa desgraça avulta exatamente por estarmos rodeados de primores e luminosas recordações. Somos todos uns infelizes, ou antes uns espoliados, umas vítimas. Enormes entre nós, só comparáveis às da Índia, as aglomerações de proletários. O privilégio e o monopólio extorquiram o espaço habitável à gente necessitada e aos próprios animais. Ah! Se conscientes de seu direito e de sua força, as multidões despojadas quisessem reagir...

GIOVANNINA — Ouvi contar que, em certas regiões, ante a procura implacável da população faminta, desapareceram os pássaros. Que maior miséria do que um bosque ermo de ninhos, órfão de andorinhas e rouxinóis!...

BENEDETTO — Todos os campos produtivos pertencem a ricos proprietários que vivem ociosos nas metrópoles, enquanto para lhes sustentar as festas, os cultivadores se exaurem em infernal afã! Sempre em território alheio, labutando anos e anos, do alvorecer ao sol posto, da infância à decrepidez, jamais alcança um desses míseros um palmo de terra do qual diga: é meu! Tristes servos perpétuos, só por escárnio se ousa afirmar que somos livres. Quão mesquinhos e incertos os salários! Somai o que pai, mãe, filhos diligentes e econômicos consigam acumular durante as estações propícias. Mal chegará para o sórdido pão, feito de massas avariadas. Nada restará para roupa, mobília, remédios. E não falemos no fisco inflexível, nem nas penhoras, nem nas prisões, nem no serviço militar obrigatório!... Bem-aventuradas as crianças que por aí expiram à mingua, centenas e centenas... Horrível terra, horrível vida!

GUALTIERO — Com um pouco de afoiteza, tais males se esvairiam. Remédio, conheço-o eu...

BENEDETTO — Aludes às tuas ideias de renovação social. O meu bom senso, a minha religião, os meus precedentes repelem tais ideias. Não passam de perigoso engodo, de que resultará agravação da nossa desventura. O remédio é diverso, e depois de muitas cogitações, decidi-me a experimentá-lo.

GUALTIERO — Qual é?

BENEDETTO — Emigrar; deixar a pátria ingrata, em busca de outra mais benigna; imitar o exemplo de milhares de patrícios nossos, toda uma aldeia às vezes, que mudam de sorte e vão plantar além do oceano os seus lares. A Suíça, Londres, a Algéria, a Turquia, o Egito oferecem tábuas de salvação a multidões de náufragos da miséria. Lá, eles renascem a vida, levantando, por meio de auxílios que remetem, as forças e a esperança dos que não se atreveram a partir também.

GUALTIERO — Nos países apontados grassa igualmente a iniquidade pública. A enfermidade é geral e profunda. Nada importa ao enfermo trocar de leito, se persistem as dores.

BENEDETTO — Escuta. Há, segundo informações seguras, na banda oposta do oceano, na América, um país tão extenso como a Europa e onde tudo parece regido por leis diferentes das daqui. Chama-se Brasil. Divide-se em províncias mais vastas do que a Áustria, abrigando menos moradores que Nápoles ou Milão. Enquanto trememos friorentos, esplende lá o estio. Regressa para nós o verão; pensais que o inverno assoberba então esse país?! Engano. Lá não se conhecem rigores de inverno. Reina perpétua a primavera. O clima trata sempre os habitantes com carícias de amigo. Faz o mesmo a terra abençoada; milho, cereais, frutas de qualquer espécie, batatas, tudo se desenvolve ali prodigiosamente. Pode-se comer pão alvo duas vezes ao dia. A lenha nada custa. Tão abundante, que para tê-la à vontade, basta apenas o trabalho de apanhá-la...

ISABELLA — É então o paraíso?!

LUIGI *(despertando de novo)* — Tenho fome... sinto frio...

ISABELLA — Dorme, meu filho.

BENEDETTO — Queres partir, Luigi, para uma terra onde não haja fome, onde nunca se sinta frio?!

LUIGI — Partamos depressa, partamos...

BENEDETTO — Eis pela boca da inocência a voz da razão. Naquela zona, vales imensos, suaves montanhas, de fácil acesso, povoadas de matas virgens, aguardam a mão do cultivador. Rios magníficos rolam majestosos e serenos, sem jamais se enfurecerem, através de planícies de inaudita fartura. O trabalho solicita o homem, em vez de andar o homem à cata do trabalho. Minas de ouro, jazidas de diamantes opulentam o solo. Novas indústrias em cada canto se organizam. O fisco é benigno. A língua falada parece irmã da italiana. Religião, modo de trajar, costumes, semelhantes aos nossos. O arroz é silvestre em alguns lugares. O milho produz na razão de 200 por 1. Não há outro esforço senão o de plantar e colher toda a sorte de legumes. Quem não esbanjar o que adquirir, contará com a abundância, a influência, a riqueza infalíveis. Em pouco tempo, tornar-se-á dono de léguas e léguas de terrenos fecundos.

ISABELLA — É maravilhoso!

BENEDETTO — Maravilhoso, sim. Acrescentai: Gente de extraordinária bondade, ordem inalterável, paz absoluta. Existem sociedades encarregadas de proteger especialmente os emigrantes.

ISABELLA — Mas como realizar a viagem, se nos falecem recursos e grandes dívidas nos acabrunham?

BENEDETTO — De tudo me inteirei. O emigrante encontra em qualquer porto passagem

gratuita. Chegando a seu destino, nenhuma obrigação o constrange. É livre de escolher a seu talante meio de vida. Artistas como tu, Gualtiero, acham mil formas de aplicar a atividade. O governo vende a crédito ao recém-chegado, por preços ínfimos, lotes demarcados de excelentes terras. Aloja-o, fornece-lhe alimentação, até que ele se empregue. Proporciona-lhe trânsito nas estradas de ferro. Não raro lhe concede auxílio pecuniário. As leis conferem favores especiais a quem leve família, como eu. Lá, Isabella, realizaremos o sonho antigo de habitarmos em casa nossa, no meio de um campo nosso, onde pastem rebanhos nossos. Partamos...

ISABELLA — Seria a felicidade. Mas acho o quadro belo demais.

BENEDETTO Partamos... Quando menos, comtemplaremos espetáculos novos e lindos.

Nossa situação melhorará, porque não lhe é possível piorar. De lá nos chamam de braços abertos, aqui nos expelem e maltratam. Que futuro terás aqui Giovannina, boa e pobre como és; e tu, Gualtiero, cuja inteligência radiante de sonhos, mandei educar à custa de tamanhos sacrifícios; e tu, Luigi, que tão pequeno, já padeces fome e frio, qual se houveras praticado algum crime?! Levareis todos a mesma vida de desgraças que eu tenho arrastado, marcando monótonos passos num cárcere sem ar e sem luz. Partamos. Que de radiantes promessas no horizonte!

ISABELLA — Se é tua vontade, partamos... Como sabes, sempre me resigno.

BENEDETTO — Que dizes, Giovannina, tu que és a moderação, a calma, a lucidez?

GIOVANNINA — Partamos. Uma voz secreta me aconselha a partir.

GUALTIERO -Mas celebravas, há pouco, a beleza da Itália, Giovannina.

GIOVANNINA — Amas tua mãe e amarás tua esposa. Não deixarei de amar a terra do meu berço, embora outra me atraia.

BENEDETTO — Partamos. Reduzamos a dinheiro o que nos não for indispensável. Liquidemos a vida antiga e encetemos nova. Mas por que tão sombrio aspecto, Gualtiero? Que pensas tu?

GUALTIERO — Parti vós, se o desejais. Eu ficarei.

BENEDETTO - Por que não nos acompanharás? Olha que breve te empolgará o serviço militar, que tanto repugna aos teus princípios. Lá poderás alargar os estudos em que consomes as noites e ver talvez efetuados os projetos de reforma que te escaldam o cérebro.

GUALTIERO — Não, meu dever é ficar.

ISABELLA — Pois deixarás partir toda a tua família e permanecerás numa região cujas vexações te causam indignação e revolta constantes?!

GUALTIERO — Parti vós outros; a mim cumpre-me ficar. Não vos desaconselho, nem condeno. Só pedras brutas quedam fixas no solo. Os irracionais empreendem excursões remotas; as aves emigram. Ao homem impelem-no por incógnitas veredas, influxos poderosos e diversos: curiosidade, espírito de aventura, sede de ouro, ambição falaz de conhecer e dominar amplas extensões do planeta. Em todas as fases da história, a corrente humana se desloca de um ponto para outro, à procura de um bem nunca atingido. Modernamente, os males se avolumaram. Multiplicaram-se as facilidades de comunicação; o movimento migratório se acelerou e cresceu. Demais, o preconceito de pátria vai se evaporando. Não existe pátria, não há fronteiras entre os povos senão as instituídas pelos exploradores para mais a seu jeito violentarem a plebe ignara.

BENEDETTO — Partamos, então.

GUALTIERO — Não. Parti, se o quereis. Eu devo ficar.

BENEDETTO — Não te compreendo. Ficar por quê?

GUALTIERO — Porque se entre nós o povo sufoca sob os gravames, se não dispõe de garantias de vida, se escasseia trabalho para lhe prover as necessidades, se a miséria o tortura, se o Estado lhe suga as forças, provém tudo da tirânica organização atual. Contra essa organização repugnante urge protestar e reagir. Tenho lido os prospectos capciosos em que as nações do novo mundo, precisadas de braços, aguilhoam a cobiça das classes inferiores da Europa, agitando miragens sedutoras diante de olhos molestados pela natureza e pelos governos, aliciando os deserdados com esperanças de vantagens que eles nunca ousariam sonhar. Pérfidas armadilhas! Ilusão! Mentira! Os males hão de ressurgir em tais nações, como epidemias de que para elas se transportassem os micróbios. Basta lembrar que o principal chamariz consiste nas facilidades da aquisição da propriedade, da vil propriedade, fonte das desigualdades, roubo organizado, gérmen universal dos vícios. O cativeiro, a iniquidade hão de recomeçar lá, sob outras formas, porventura mais duras. Não! Meu dever é ficar.

BENEDETTO — Ficar por quê, para quê?

GUALTIERO — Partir importará covardia para quem pode lutar, como eu. Aqui é o sítio por enquanto mais arriscado. Parti vós, os carecedores de estímulos para o santo combate. Quanto a mim, imitar-vos significaria ignóbil deserção. Permanecerei contente no meu posto de honra e de glorioso sacrifício talvez.

ISABELLA — Luta... combate... sacrifício... que terríveis palavras, meu filho!

GUALTIERO — A sociedade está infamemente organizada. Cumpre reconstruí-la a ferro e fogo. Trata-se de gigantesca operação cirúrgica. É preciso levar pelo terror, desbaratar sem dó, os dominadores, diretores, tutores, pseudo benfeitores, todos os privilegiados, associações ou indivíduos, oficiais ou oficiosos que impedem a milhões de seres humanos o respirar em liberdade... Morte... morte...

ISABELLA — Detestáveis ideias! Ouviste-as, sem dúvida, a algum doido miserável.

GUALTIERO — São o evangelho de um fidalgo e de um santo: Bakounine. Prega-as um príncipe e um sábio: Kropotkin.

ISABELLA — E foi para que as adquirisses que te fizemos educar na cidade, com tamanho custo, procurando dar-te instrução superior a nossa?!

GUALTIERO — Maldita ciência, maldita instrução toda aquela que não ministrar meios de destruir. Antes a rude e salutar ignorância.

ISABELLA — De tão bom e tão meigo que eras, tornaste-te um descontente, um exaltado.

GUALTIERO — Iniciei-me na verdade. Sou partidário da anarquia, da sublime anarquia.

BENEDETTO — Que vem a ser a anarquia?

GUALTIERO — É um estado em que não haverá nem governo, nem domínio, nem posse, nem fortes, nem fracos, nem pobres, nem anormalidades, nem espoliações. É o nivelamento absoluto. O torpe capital será eliminado. Suprimir-se-ão todas as leis, todos os preconceitos, todas as normas religiosas, econômicas, administrativas, políticas, todos os velhos aparelhos de compressão. O contrato social não passa presentemente de uma fraude ignominiosa, malha ferrenha de cláusulas absurdas e despóticas, em proveito de um grupo em detrimento da maioria. A anarquia rasgá-lo-á; não deixará pedra sobre pedra na Bastilha de usurpações erigida, há séculos, com sangue e lágrimas de gerações e gerações de vítimas. A terra voltará a ser rasa e virgem.

BENEDETTO — Como alcançá-lo?!

GUALTIERO — Por todos os meios de represália, pela reação assídua, pelo protesto permanente, pela propaganda por meio do fato, que enrija os músculos da destruição e intimida os nervos da resistência. Hão de baquear, sem exceção, os despotismos: o da riqueza, o dos exércitos, o da autoridade, o de Deus.

ISABELLA — Deus! És inimigo de Deus! Oh! Gualtiero! Blasfemas, meu filho!

GUALTIERO — Deus *é* o mal, como a propriedade é o roubo. Deus, se existe, é o maior dos tiranos, que persegue e deixa perseguir, parecendo aprazer-se com o padecimento dos perseguidos. Nobre e legítima a revolta contra esse autocrata supremo, onipotente e misterioso! Tanto mais nobre quanto ele é o maior.

ISABELLA — Basta... basta... Tremo toda. Divina Madona, perdoai-lhe!

GUALTIERO — Vergais ao jugo de uma moral estreita e estúpida. Guerra implacável contra ela. Eis o único critério: Tudo quanto favorece a revolução é moral; imoral tudo quanto a embarga. Não se conheça outro fim, outra ciência, outro ideal, outro interesse, outra atividade senão a revolução demolidora. O punhal, o veneno, o incêndio, a dinamite constituem preciosos utensílios. A revolução justifica e santifica os mais veementes excessos.

BENEDETTO — Preconizas o assassinato, toda a casta de crimes... Não falas sério, decerto. Invejarás a sina do salteador?!

GUALTIERO — Bakounine o ensina: O crime é um meio de restauração social. No salteador há um vingador popular, inimigo irreconciliável de propriedade, genuíno revolucionário ativo, um consagrado, portanto à grande obra.

BENEDETTO — Não falas sério, repito. É mais do que indigno e covarde o que apregoas.

GUALTIERO — Indigno, covarde, por quê?! Desprezamos e odiamos a sociedade. Declaramos-lhe guerra sem tréguas, duelo de morte a cada instante. Na guerra todos os ardis, todas as surpresas, todos os golpes são lícitos. Não legitimais a glória militar, as batalhas contra estrangeiros e mesmo as travadas em dissenções civis, não divinizais os homens que, à frente de exércitos, invadem e destroçam países inimigos, sob fúteis pretextos, questiúnculas políticas insignificantes?! O nosso inimigo *é* a sociedade. Usamos do mesmo direito de que usaram os heróis da história, com a diferença de que a nossa causa é mais justa, mais profundas as nossas razões de combater, e somos um punhado de guerreiros, isolados, a peito nu, atacando fortificações formidáveis — os imensos recursos de defesa e agressão acumulados pela prepotência de infinitas idades. Não obstante, havemos de vencer, havemos de vencer. Primeiro na Europa; depois no mundo.

BENEDETTO — Sereis vencidos. Coligar-se-ão contra vós governos, interesses, instintos de conservação.

GUALTIERO — Venceremos, porque somos a abnegação, a ousadia, a fé. Constituiremos igualmente alianças internacionais, empregaremos meios secretos. A ciência nos auxilia. Observai os recentes inventos e descobertas: predominam os elementos de destruição. Sim! A destruição universal, a pandestruição, o amorfismo completo. Aniquilemos a estrutura atual. Se poupássemos uma só instituição, germinaria dela, como de semente maldita, a floresta inteira das iniquidades vigentes.

ISABELLA — Fazes medo. As tuas ideias corroboram a nossa resolução de partir.

GUALTIERO — Parti; ninguém vos obriga a colaborar na ação.

BENEDETTO — E depois de tudo derrubar, que praticareis vós, que colocareis no espaço coberto de ruínas?!

GUALTIERO — O futuro?! Insensato quem perde tempo a cogitar do futuro incerto. Raciocínios sobre o porvir são criminosos, porque amolentam e retardam a destruição pura e simples. Ao verdadeiro revolucionário não o detêm reflexões, conjecturas, negócios, sentimentos, família.

ISABELLA — Nem a família?

GUALTIERO — Nem a família. A revolução absorve exclusivamente o revolucionário. É um sacerdócio intransigente. Nada de laços de parentesco, de amizade, de amor —germens de fraqueza e hesitação. Devemos andar sempre preparados para arrostar o martírio, para matar e morrer.

GIOVANNINA — Não amas então a tua mãe e a tua irmã?!

GUALTIERO — Mais vos amaria se comungásseis comigo! Quando iniciadas, as mulheres cooperam preciosamente na sagrada tarefa, pois se dissimulam melhor, desvendam segredos, aprestam, como nenhum homem, o geral arrasamento. Já que não quereis ou não podeis trabalhar a meu lado, parti depressa. Aqui me estorvareis.

BENEDETTO — Partamos, sim. Isto acabará mal... acabará mal.

LUIGI — Tenho fome... tenho frio... Partamos... partamos.

GIOVANNINA — No fundo do que sustentas, Gualtiero, há talvez coisas justas e verdadeiras. Segundo asseveram, o temporal que no mar causa os naufrágios e em terra afoga o dia em turbilhões de poeira, o terrível temporal purifica o ambiente e excita o desenvolvimento das plantas. Após ele, as flores ostentam mais viço e perfume, redobra a transparência do céu. Mas eu sou como avezinha imbele que abre as asas e foge, mal presente a cólera dos ventos. Quem me dera ter essas asas tão largas e fortes que te abrigassem e carregassem para bem longe do temporal!

GUALTIERO — Boa e doce irmã! Segue o teu destino; deixa que eu siga o meu. Os antigos consideravam o destino a divindade supema, cega e insuperável. Homens e deuses não podiam esquivar-se à sua lei.

ISABELLA — Mas, se partirmos sem ti, Gualtiero, não te esquecerás de nós. Escreverás de vez em quando. Não é assim, meu filho?

GUALTIERO — Oh! Tereis notícias minhas, tereis notícias minhas.

QUADRO SEGUNDO

O grande navio debate-se nas ondas, parecendo que nunca ultrapassa o centro do círculo formado pelo céu e o mar. O firmamento cobre o oceano como campânula imensa. Dentro dessa campânula dir-se-ia que, semelhante a um inseto prisioneiro, o paquete doudeja, num ponto único do movediço pavimento verde, tentando em vão aproximar-se das curvas paredes azuis.

Centenas de emigrantes se aglomeram na proa: jovens, velhos, mulheres, crianças, promiscuamente, sentados no convés, encostados à amurada ou ao mastro, debruçados sobre as águas, estendidos resupinos em cima de rolos de cordas. Descascam estes batatas e frutas: jogam aqueles dados ou cartas, acocorados ou de bruços, um dos cotovelos fincado no chão; conversam terceiros, fumando; mulheres cosem, a cantarolar; lavam outras em pequenas bacias peças de roupa que secam expondo-as ao vento; outras dão de mamar a recém-nascidos; meninos brincam às soltas, tropeçando nos corpos que atulham o âmbito escasso; anciãos dormitam ou cismam, imóveis, ao sol. Ali um marceneiro acepilha com um canivete toros de madeira; acolá, em meio de um grupo, um adolescente toca uma sanfona. Alguns enjoam ainda, a face lívida e descomposta. E, dissimulando-se a um canto, enxuga lágrimas uma rapariga, a ler e reler amarrotada carta.

Indescritível variedade de tipos, de trajes, de dialetos! Ao lado de indivíduos altos, membrudos, alourados, feições germânicas, notam-se descendentes de etruscos, curtos e grossos, espáduas vigorosas, crânio deprimido, coberto de negro cabelo ondeado. Fisionomias angélicas a par de caras patibulares: rostos de Madona, de Minerva, de apóstolo, de nazareno, de salteador; a nobre serenidade da figura grega, o apaixonado aspecto da arábica, traços irregulares e cheios de expressão, infantes de boca fina, olhos amplíssimos de extraordinário brilho. Com representantes da Emília, de semblante enérgico, revelando paixões veementes e força para servi-las, perfis de heróis e de criminosos, emparelham toscanos graciosos e amáveis, maneiras mansas, denotando amor à arte e à vida, ou napolitanos que pulam e gritam numa desencontrada série de espetaculosas impressões. Filhas de Basilicata, airosas, soberbas de esbelteza e agilidade, ou delicadas e esquivas naturais de Bagnara, contrapõem-se às pesadas e desenvoltas mulheres de Cardeto, munidas de tetas abundantes de amas de leite. Os que nasceram em portos olham familiarmente as ondas; os oriundos das montanhas ou da beira dos lagos não cessam de admirar, entre medrosos e encantados, a agitação perpétua da imensidade líquida. Há singulares roupas de veludo, corpetes de alamares, orelhas masculinas com brincos, chapéus desabados providos de plumas, polainas de couro pregadas às calças, enormes cordões de ouro segurando verônicas, barbas intonsas, cabeleiras femininas opulentas, dispostas numa infinidade de trancinhas. Trouxas e baús escancarados exibem um mundo de objetos e utensílios domésticos.

Pelos orifícios das escotilhas, donde pendem íngremes escadas e saem emanações acres, lobrigam-se na penumbra da coberta, como num subterrâneo, vultos de gente prostrada em redes ou nas apertadas gavetas dos beliches.

Longe, para a popa, divisa-se um oficial trepado no passadiço, a passear, empunhando o binóculo com que de minuto a minuto consulta o horizonte; e, embaixo, damas e cavalheiros de primeira classe reclinados preguiçosamente em cadeiras de lona.

Rumores trepidantes se emaranham no ar. Prevalece a palpitação marulhosa da hélice. Aragens assobiam de vez em vez nas cordagens. E o navio caminha sempre, carregando aquele desordenado exército de prófugos da miséria, levados da esperança, o guia temerário falaz. Lá se vão à conquista do futuro duvidoso. Serve-lhes de flâmula a fita de crepe que a fumaça desenrola no espaço e da qual se esgarçam e pairam flocos esparsos, lembrando plumas caídas de gigantesco pássaro preto.

Isabella, a costura no regaço, boceja de tédio. Benedetto, ao lado dela, folheia um guia de emigrantes. Giovannina penteia, carinhosa, o cabelo a Luigi.

ISABELLA — Faz vinte longos dias que partimos. Sempre mar e sempre céu. Nunca imaginei que houvesse tanto céu e tanto mar.

BENEDETTO — Não tarda o fim. Hoje mesmo talvez avistaremos terra. Felizmente o tempo abonançou.

ISABELLA — Se continuasse como em começo, eu morreria; morreríamos todos. O terrível enjoo, esta vasta reunião de desgranados, a falta de cômodos, a mudança de hábitos, a dor d'alma por haver abandonado tudo quanto até agora nos fora caro... Oh! Como sofri! Quantas vezes amaldiçoei a hora em que deliberamos partir e roguei à Imaculada Madona, cuja imagem não me deixa, que acabasse de uma feita com a nossa existência de suplícios!

BENEDETTO — O pior está passado. E, graças a ti, Giovannina, não fomos dos que mais padeceram. Que energia, que calma, que bondade a tua! Pareces um marinheiro velho, tu que jamais saíras do lar! Sem ti, não sei o que seria de nós, acabrunhados como ficamos nos primeiros dias. E não foste útil somente a nós. A todos os emigrantes tens prestado serviço, auxiliando a uns, consolando a outros, distraindo as crianças, até interpretando queixas perante o comissário, tão brutal por índole, e que apenas a ti escuta a sorrir. Não há quem te não adore. É um milagre o como entendes os vários dialetos que aqui se falam. Denominam-te a providência de bordo, e, com efeito, possuis o condão, que ninguém suspeitava, de dominar num relance vontades e corações.

GIOVANNINA — Como é exagerado o amor paternal! Nada pratiquei que mereça louvores, pois satisfiz apenas, sem refletir, os meus instintos, melhorados pela educação que me destes.

BENEDETTO — Encheste-me de alegria e orgulho. Pudesse eu dizer o mesmo de teu louco irmão que ficou e a quem facultei educação superior à tua!

ISABELLA — Pobre Gualtiero! Apesar da frieza com que se separou de nós e da teimosia de querer ficar, não me esqueço dele um segundo. Inundam-se-me os olhos d'água ao recordá-lo tão inteligente, tão bravo... Que estará ele fazendo? Que estará ele fazendo? Tremo, ao pensar em suas ideias revolucionárias. Aquilo passará. No fundo, ele é meigo, justo, puro! Meu querido filho!

BENEDETTO — Cumpra-se o seu destino, como ele próprio disse. É homem e tem instrução; abrirá caminho por si só. E tu, Luigi, tens gostado do nosso passeio?

LUIGI — Tenho gostado muito. O navio é como um palácio que se mexe. É pena somente que nesse palácio não haja árvores e flores.

GIOVANNINA — É mais do que um palácio, é uma cidade que anda. Encontram-se aqui os sucessos, as paixões, as desigualdades, os recursos que presumo existirem numa vasta capital. Nascimentos, óbitos têm ocorrido. Uma cidade suspensa sobre um abismo! Nas noites sem sono, ponho-me a meditar no como somos pequenos miseráveis e, todavia, ditosos! Abrisse um pouco as faces, num espasmo raivoso, o monstro que nos carrega em seu dorso, e nos tragaria a todos, cidade e habitantes, mais facilmente do que tu, meu guloso Luigi, costumas engolir uma cereja.

ISABELLA — Nada menos de nove pessoas têm aqui expirado, depois que partimos. Como é lúgubre ver os cadáveres, amortalhados de sacos, pesos enormes nos pés, arrojados às profundezes incógnitas! Nos cemitérios pululam os vermes, mas as ossadas repousam ao lado umas das outras. Junta-se aqui ao horror da morte o horror da solidão. Que coisas tenebrosas ocultará o seio do mar?

BENEDETTO — Em compensação, uma meia dúzia de criaturinhas despontou aqui à luz do dia. Curiosas essas! Nunca lhes será dado assinalar o ponto exato onde tiveram o berço. Assistiria razão à Gualtiero no afirmar que a ideia de pátria não passa de uma ficção?!

GIOVANNINA — Mas quanto espetáculo novo, quantas cenas maravilhosas nos têm tornado a vida mais digna de viver! Um prodígio a cruz de estrelas que contemplamos, há algumas noites, no firmamento! Olhando para ela, parece à gente que a natureza inteira oferece as consolações divinas de um templo.

ISABELLA — Feliz gênio o teu, minha filha! Não desanimas nunca. Tu'alma é um cetim brando e forte, com uma orladura de ouro: — a fé.

GIOVANNINA — Confio em Deus, confio no porvir. A nova terra nos será propícia.

ISABELLA — E já pensaste, Benedetto, no que faremos ao desembarcar?

BENEDETTO — Estava exatamente estudando isso neste livro. Ao desembarcar, disporemos de hospedaria gratuita por alguns dias.

Partiremos depois para o interior, onde o clima é mais benigno e mais generosa a remuneração. Na própria hospedaria há grande procura de serviços. Iremos empregar-nos em alguma vasta propriedade agrícola, chamada fazenda. Na fazenda, o dono dar-nos-á casa de morada e adiantamento de dinheiro para comprar um cavalo, uma vaca e os gêneros de primeira necessidade. Ao cabo de curto prazo, não precisaremos senão de açúcar e sal, pois produziremos tudo o mais.

ISABELLA — Mas qual a nossa ocupação?

BENEDETTO — Trataremos da cultura do café, tarefa suave e fácil comparada com as da Europa. Só se trabalha para o patrão durante certos meses. Sobeja tempo para cada um cuidar de si. Vive-se em perfeita independência. Possuirás uma criação de aves domésticas de que tanto gostas, Isabella; um pomar, tu, Luigi; um jardim, tu, Giovannina. Na colheita trabalharemos em comum e ganhará toda a família. Até o pequeno Luigi ajuntará o seu pecúlio. Há outras colocações para o emigrante. Prefiro, porém, a da fazenda porque, sem nada despender, auferiremos lucro desde logo, adquiriremos conhecimento do país, nos habituaremos aos usos e ao clima. No fim de um ano, seremos também proprietários ou procuraremos, à vontade, posição melhor. Que achas, Isabella?

ISABELLA — Repito o que constantemente digo: acho belo demais. Receio o despertar amargo de um sonho insidioso. Sempre pecaste por crédulo e confiante em extremo, Benedetto.

BENEDETTO — E tu por demasiado desconforto. Para que palavras de desalento quando

mal encetamos vida nova? Empresta à tua mãe um pouco de tua coragem e de teu bom humor, Giovannina.

ISABELLA — A tua vontade, Benedetto, sempre dominou a minha. Deliberaste partir: acedi, deixando o meu prezado Gualtiero. Nunca pensei que abandonaria o canto onde nasci, casei-me, morreram meus avós e pais, vieram ao mundo meus filhos. Eis-me agora à mercê do mar. Ousada aventura! Permita Deus que não nos arrependamos. Santa Madona, amercia-te de nós.

BENEDETTO — É tarde para reflexões. Não fizemos mais do que imitar o exemplo geral. Hoje na Itália todos os pobres emigram. Vai aqui a bordo uma aldeia inteira com as autoridades e o padre.

ISABELLA — Sim, é tarde para reflexões. Mas, não sei por que, com a aproximação da chegada apertam-se-me as recordações do nosso lar repudiado, dos objetos que nos haviam acompanhado desde a infância. Pobres objetos! Haverá uma alma neles? Não lhes notaste um ar repreensivo e melancólico quando os alienamos? Não os verei mais. Sinto-me triste... Sinto-me triste. Meu coração parece uma casa onde se vão fechando as portas, cerrando as janelas, apagando as luzes.

GIOVANNINA — No meu, ao contrário, raia uma alvorada: há sol, rumor, agitação; tudo se abre ante horizontes sem fim.

UM EMIGRANTE *(aproximando-se, no meio de outros)* — Como vais, Benedetto? Como vais, bela Giovannina? Parece que enfim estamos prestes a chegar.

BENEDETTO — Conversávamos sobre isto. Aqui a minha velha está com medo. À última hora brotaram-lhe apreensões.

O EMIGRANTE — Medo? Apreensões? Eu também acredito em maus olhados e azares. Mas para combatê-los trouxe infalível remédio.

BENEDETTO — Qual é?

O EMIGRANTE — Um chifre alentado de quase um metro de extensão, tirado de um daqueles bois pardos, semisselvagens, os quais, ao que se afirma, descendem dos que seguiram o velho povo dos Hunos em antigas invasões da Itália.

OUTRO EMIGRANTE — Para conjurar os tais perversos de olhos redondos e nariz recurvo, cujo nome pronuncio tremendo — *os jettatores,* não há nada como figas de coral. Olhem; tenho ao pescoço farta provisão.

OUTRO EMIGRANTE — Qual! É muito mais eficaz colocar a imagem de um santo, a do patrono da gente, como um escudo sobre o peito.

OUTRO EMIGRANTE — É exato. A mim não me larga o registro de S. Januário, o mais poderoso morador da corte do céu. Imaginem que foi decapitado, depois que animais ferozes se recusaram a devorá-lo. Na sua capela famosa de Nápoles, conserva-se em um vaso um pouco de seu sacrossanto sangue. Todos os anos, por ocasião da festa, o sangue seco torna-se líquido e entra a ferver!

OUTRO EMIGRANTE — Não duvido de S. Januário, porém, contra influências funestas, vale mais plantar perto da porta de casa uma árvore virtuosa denominada *albero del malo occhio.* Levo raízes e folhas dessa árvore e meu primeiro cuidado será confiá-las à terra em que se fixar a minha nova residência.

ISABELLA — Eu tenho a minha pequena Madona, que conta mais de cem anos, pois já era a devoção de minha avó. Foi esta bendita velhinha quem m'a deu, como preciosa relíquia, no instante de expirar. Legá-la-ei de idêntica forma a Giovannina, quando soar a minha vez.

UMA VELHA OCTOGENÁRIA — Para que falar em morte e em agouros no dia da chegada! Varramos as ideias negras. Varramos as ideias negras. Havemos de viver felizes por longos anos na pátria nova e voltar, talvez, cheios de riqueza, à antiga. Falemos das coisas belas e boas que nos aguardam.

UM TOSCANO — Sim, não falemos de morte. A lembrança de um cadáver me repugna. Gosto do mar, porque nele não há túmulos. A morte aqui se dissolve e se perde como um gemido no vento.

UM MOÇO ARTISTA — Não há túmulos! Mas se o mar é o túmulo dos mundos! As ondas, eternas carpideiras, levantando-se e desfazendo-se a cada instante, simbolizam mais fielmente a morte do que ciprestes e salgueiros.

UM MENINO (*correndo e gritando)* - Terra... terra... avista-se terra.

Reboliço intenso entre os emigrantes. Arremessam-se todos às amuradas e à proa, esquadrinhando os planos longínquos da perspectiva, as mãos abobadadas sobre a vista. Muitos trepam nos bancos e nos baús; rapazes buscam içar-se às vergas do mastro. Pais suspendem pequeninos impacientes aos ombros. Velhos trôpegos, arrimados a bengalas ou muletas, limpam os vidros dos óculos de aro enferrujado.

A VOZ DO MENINO - Terra... Terra...

Dos orifícios das escotilhas emergem, como ressuscitados, rostos lívidos, galvanizados de súbito alento. Milhares de olhos ávidos varrem em todos os sentidos o horizonte.

UMA VOZ — Não é terra; é uma nuvem.

OUTRA VOZ — Não é terra, nem nuvem; é um navio que se afasta.

OUTRA VOZ — Nada disso. Simples efeito da luz nas águas.

OUTRA VOZ — É terra, é terra; diviso uma cadeia de montanhas.

VÁRIAS VOZES — Aonde? Aonde?!

A PRIMEIRA VOZ — Ali à esquerda... ali... ali... Distingo as montanhas. Reparem. Uma delas lembra o meu querido e terrível Vesúvio, cuja proximidade dá, pelo perigo constante, saboroso encanto ao viver.

OUTRA VOZ — Não há vulcões na terra nova. Mas, na realidade, parece que se ergue ao longe uma cordilheira.

OUTRA VOZ — É terra... é terra. Vede o movimento que vai na primeira classe. O comandante subiu ao passadiço.

VÁRIAS VOZES — Vamos chegar... vamos chegar.

Acusa-se e acentua-se, a pouco e pouco, o contorno da serrania remota. Alegria febril alvoroça os passageiros. Tratam de aprontar a bagagem, de mudar de roupa, de lavar as crianças. Raparigas consultam o espelho, enfeitando os cabelos. Um grande grupo não sai da amurada, pregoando alvissareiro a mais ligeira modificação dos aspectos. E as horas passam. Gaivotas se alçam de repente das ondas e fendem o espaço, arregimentadas, num voo calmo e simétrico.

UMA VOZ — Pássaros... pássaros... mensageiros ao nosso encontro.

OUTRA VOZ — Asas brancas... asas brancas... Excelente presságio...

OUTRA VOZ- Portentosa vista! Panorama esplêndido! Magnífica linha de montes resguardando a costa!

OUTRA VOZ — Que cores fulgurantes! O céu é feito de ouro, azul ferrete e carmim.

OUTRA VOZ — E as montanhas, e as montanhas. Estas, polidas e lisas, como bronze. Hirsutas aquelas, como ursos. E as grenhas são florestas colossais.

OUTRA VOZ — Semelham fortalezas, torres, trincheiras...

OUTRA VOZ — Mais adiante sentinelas destacadas.

OUTRA VOZ — Um mundo de enormes estátuas, entre pirâmides.

OUTRA VOZ — Que será aquilo na encosta de algumas colinas?! Árvores, ou colunas de fina arquitetura, coroadas de leques?

OUTRA VOZ *(gritando)* — Vinde ver todos... vinde ver. Um vulto imenso de homem, ali, deitado de costas. Olhem o nariz curvo, o tronco, as pernas, o pé.

OUTRA VOZ — É o *Gigante de Pedra* de que me falaram. Tomei por invenção e é verdade!

VÁRIAS VOZES — Que coisa assombrosa! Que prodígio! Que prodígio!

Os emigrantes quedam largo tempo a contemplar a extraordinária miragem de repouso e paz. O navio prossegue mais rápido, como se o impelisse também a ânsia de chegar.

UMA VOZ — O interessante é que não descubro passagem. Caminhamos para escarpas que formam alta muralha, fechada de todos os lados.

OUTRA VOZ — É uma cortina de pedra.

OUTRA VOZ — Não; nessa cortina há uma fenda.

OUTRA VOZ — Agora vejo melhor. Essa fenda é um pórtico. Servem de ombreiras dois estranhos alcantis, postados em face um do outro, como atalaias.

OUTRA VOZ — São leões de granito no limiar de um palácio.

VÁRIAS VOZES — Vamos chegar... Vamos chegar...

O navio se insinua na entrada da barra. Transposto o corredor entro as fortalezas, de súbito se lhe desdobra o panorama da baía do Rio de Janeiro. Cruzam-se exclamações de surpresa, entusiasmo, admiração.

UMA VOZ — Entramos num rio... num amplo e extraordinário rio...

OUTRA VOZ — É um lago imenso. Mais lindo que o Lago Maior e com centenas de *Isolas Belas.*

OUTRA VOZ — É uma irmã da baía de Nápoles, porém mais rica de quadros, com bacia mais vasta.

OUTRA VOZ — Observai no fundo aquelas cristas, aqueles picos, aquelas agulhas. São rochas e dir-se-iam gigantescos recortes de caprichosa renda em cambraia azul.

VÁRIAS VOZES — Chegamos! Chegamos!

Maravilhoso espetáculo! É um Coliseu colossal. As galerias de inaudita variedade de grandiosas estruturas arquitetônicas são montanhas; a arena é o mar. Das montanhas se dependuram risonhas vivendas. Dissemina-se na arena, em fantasioso desalinho, uma multidão de ilhas semelhantes a canteiros de enorme jardim: umas isoladas, agrupadas outras; aqui branqueadas de edifícios, áridas ali; empenachadas mais adiante de luxuriosa vegetação; ilhas ovulares, alongadas, esféricas ou simples pedras ermas, superpostas em posições acrobáticas e parecendo boiar. Bandeiras se desfraldam em algumas, sobre baterias ouriçadas de canhões. Esquadrilhas de vapores e barcos à vela estacionam a esmo, enquanto outros se arrastam lentos, peregrinando a cismar. Traços pitorescos, acidentes curiosos, pontos aprazíveis abundam por todos os lados. Ora extensas praias, lisas, franjadas de espuma; ora promontórios afoitos; ora aberturas de vales; ora verdejantes tabuleiros; ora angras recônditas, como alcovas; ora protuberâncias graciosas, como seios. Brancas capelas dão a espaços a nota da religiosidade. Botafogo recorda um tanque entro vergéis. Combinam-se em estupendo e harmonioso conjunto todas as expressões felizes, todas as formas do belo, do grande, do majestoso, do delicado, do sutil. Apraz-se a natureza em pompear reunida a infinidade de suas galas. A casaria da cidade trepa nas colinas, adeusa-se nas planícies, debruça-se sobre as águas, à feição de uma turba que procurasse os sítios mais propícios para contemplar a testa perene da baía. E *a pureza do firmamento, o esplendor da luz, a imponência do espinhaço circunjacente, a opulência das paisagens, a profusão dos matizes, os aromas fortes que pejam as brisas embebem as almas em êxtase, suscitando a impressão da formosura suprema, o encanto profundo, misterioso o intraduzível do sublime.*

O navio vai fundear. Rodeia-o uma chusma de pequenas embarcações, onde agitam lenços, acenam, gritam. Embevecidos, os emigrantes derramam em torno do si olhares tontos, trocam breves frases confusas. Um padre se destaca dentro eles, levanta os braços ao céu.

O PADRE *(solenemente, em voz alta)* — Agradeçamos à Providência, meus filhos, o imerecido favor de nos haver trazido a salvamento em tão longa e arriscada viagem.

Muitos emigrantes ajoelham e se persignam.

O PADRE — Ave, Maria, cheia de graça... *(O resto da oração se perde em burburinho)*

CORO DOS EMIGRANTES - Santa Maria, mãe de Deus...

O PADRE — Protegei-nos, Senhor, em nossa nova pátria!

CORO DOS EMIGRANTES — Protegei-nos, Senhor; protegei-nos, Senhor!...

QUADRO TERCEIRO

Entre montanhas de variadas formas e alturas, assenta o casarão da fazenda no seio de um vale. Matas virgens, escuras e compactas, entufam o cabeço e o dorso das serras longínquas. A massa da folhagem entrelaçada lembra uma armadura colossal, feita de rugosas escamas verdes. Sobressaem a espaços altas árvores recamadas de flores, semelhantes a pajens gigânteos que carregassem ramalhetes.

Grosseiro o casarão, baixo, comprido, acaçapado, destituído de arte, mas com um aspecto de sã franqueza e bonomia nas numerosas portas e janelas escancaradas. Dão-lhe graça a horta e o pomar que se estendem no fundo, bem como as roseiras, jasmineiros e heras que lhe trepam pelas paredes, formando um jardim vertical.

Em frente e a um dos lados do edifício, alongam-se, lisos e planos como o pavimento de um salão descoberto, os quadrângulos dos terreiros de pedra, onde saltam crianças seminuas e dormem corpulentos cachorros, enroscados ao sol.

Mais adiante a casa das máquinas, ladeada de tanques, o engenho dominando o córrego, as antigas senzalas, o armazém, as múltiplas dependências que tornam o estabelecimento agrícola um escorço de cidade incrustado na solidão.

Mil cenas pitorescas da vida campestre ocorrem aqui e ali.

Na encosta de uma colina, tapetada de vegetação rasteira, onde sobranceiam isoladamente velhos troncos requeimados, pastam em liberdade vacas, carneiros, cabras, enquanto mulas e cavalos ora se espojam escoiceando o espaço, ora se imobilizam encostados uns a os outros, ora disparam aos pinchos em subitâneos galopes.

Junto a uma das toscas construções que o casarão avassala, grunhem, num cercado, centenas de porcos. Repimpam alguns beatificamente na lama a desconforme obesidade. Outros, tardos e lassos, vagam fossando, fossando. Ninhadas de leitões, vários de pelo amarelado, sugam vorazes, aos safanões, empurrando-se mutuamente, as tetas que as mães lhes abandonam, resignadas e magras, deitadas de banda, duas patas no ar.

Em íngreme vertente, ziguezagueia delgado caminho. Vagaroso, vem descendo por ele maciço veículo, tirado por longas juntas depois. Ouve-se o chiar dorido das rodas e o bater das porteiras, a par dos brados estimuladores dos carreiros.

Brancas faixas de outros caminhos entrecruzados vincam a face dos ondulados terrenos convizinhos.

Mas a nota sobrelevante da paisagem provém da formatura simétrica dos cafezais acogulando todos os morros e quebradas acessíveis. É um mundo de arbustos uniformes, gêmeos no tamanho, na cor, na figura, alinhados em renques e renques que se alastram sem termo. A um outeiro atulhado, segue-se outro identicamente coberto da mesma plantação regular; a este sucede outro, e mais outro e ainda outro — estos imóveis de enorme maré. Há no todo a correção de um exército em revista. Sente-se o influxo acabrunhador, as energias irresistíveis e serenas das vastas forças disciplinadas. A um tempo soberana e escrava, a natureza ostenta as complacências de uma grande mãe magnânima, onipotente e, para com os filhos que lhe solicitam amparo, suscetível das mais carinhosas efusões.

Nos cafezais, procede-se à colheita. Luxuriantes, os cafeeiros estiram desde o chão em todas as direções os profusos galhos contrapostos, cujo conjunto imita uma pirâmide e que vergam ao peso dos pequenos frutos vermelhos e luzentes. Colonos e camaradas, divididos em turmas, postam-se ao pé das árvores, agarram e curvam os ramos carregados, correndo os dedos por eles de modo a fazer cair uma chuva de bagos sobre o solo, em torno das raízes. Ajuntam-se esses bagos; peneiram-nos, a fim de limpá-los de cisco e de terra, e os amontoam em balaios que vão descarregar no receptáculo de um carro estacionado em próxima vereda. Desaparecem quase os trabalhadores, atufados na folhagem. Despojada uma árvore, passam a outra.

Trazem largos chapéus de palha ou lenços de chita amarrados às cabeças. Entregam-se alguns silenciosos ao afã do serviço; cantarolam outros; conversam frouxamente terceiros, pondo demoradas pausas entre as frases. Famílias inteiras, incumbidas de tratar de certo número de pés de café, executam em comum a sua tarefa.

Fendem o amplo silêncio imanentes estridulações de cigarras, voos tontos de pássaros, quedas remotas do cachoeiras, farfalhar do folhas secas, os mil ruídos misteriosos, como que de germinações subterrâneas, do clima tropical, ao meio-dia. Pejam o morno ambiente sonolências e deslumbramentos.

Em ponto afastado do cafezal, Benedetto, Isabella, Giovannina e Luigi labutam na colheita. Tostados do sol, apresentam semblantes sadios e resolutos. Luigi cresceu; já não é uma criança. Expandiu-se a beleza de Giovannina. Trasborda graça, decisão, ternura de seus movimentos.

BENEDETTO — Cuidado... cuidado... É preciso despir bem os galhos, sem lhes deixar pegado um único bago maduro. Olhem que tomamos à nossa conta nada menos de 7.000 pés de café.

ISABELLA — Que calor! Que canseira! Tenho as mãos dormentes, os dedos inchados e feridos de apanhar café, — *deriçar*, como aqui dizem.

BENEDETTO — Hás de te acostumar. É assim mesmo, como em tudo. No começo custa; depois a gente se habitua.

ISABELLA — Nunca me acostumarei. Até o rigor do inverno da nossa terra agora às vezes se me afigura doce. Bem anunciava o meu Gualtiero que nos aguardavam fundas decepções.

BENEDETTO — Verdade, verdade, muitos dos nossos sonhos já se esvaíram. A nova terra não oferece as vantagens que supúnhamos.

ISABELLA — Queres que fale com franqueza?! Tudo nela me desagrada. Vivo com o coração apertado. Assoberba-me infinita tristeza pensando na pátria e em Gualtiero; devora-me ardente desejo de revê-los de pronto. O trabalho não nos proporciona remuneração que valha a pena. Pensei que tivéssemos com o proprietário da fazenda parceria completa, dividindo-se pela metade entre ele e nós todo e qualquer rendimento da terra. Nada disso. Antes não partíssemos ou houvéssemos ficado na cidade do Rio de Janeiro, onde há outros recursos, outras vantagens, outras distrações contra a nostalgia.

BENEDETTO — Aqui dão-nos casa de morada e serviço seguro. Mas é certo que, ao cabo de um ano, trabalhando todos, como presentemente, pouco teremos ajuntado. Longe está a riqueza imediata com que contávamos! A mim igualmente não raro me parece que preferível fora termos ficado na cidade, onde tão sedutoras propostas nos faziam. O que, principalmente, me retém na fazenda és tu, Giovannina.

GIOVANNINA — Acho a vida da fazenda mais sossegada, mais saudável que a da cidade. É verdade que não conheço a da cidade senão pelo que contam. Mas sem perseverança ninguém triunfa. Estamos aqui há poucos meses. Devemos nos demorar. Os lucros hão de vir a pouco e pouco e não de repente.

ISABELLA — Aprecias a estúpida e monótona existência do lavrador brasileiro?

GIOVANNINA — Não a julgo nem monótona nem estúpida. Ao contrário de ti, tudo na pátria nova me satisfaz. Quando fecho os olhos, ainda me arrebata o maravilhoso espetáculo da baía do Rio. Nunca vi cena mais linda! Achei bem boa a hospedaria em que estivemos três dias, no meio de abundância e conforto que até então desconhecíamos. E a viagem em estrada de ferro, galgando montanhas, margeando precipícios, atravessando compridos túneis, contemplando soberbas cascatas, florestas majestosas, planícies infindas, caprichosos rios que ora se espalham em largos leitos, ora se concentram fervendo, ora raivosos amortalham de espuma feros rochedos, ora suaves, acariciam ilhotas viçosas, semelhantes a cestas de flores... Quanta coisa bonita! Quanta festa para os olhos! Gosto disto, confesso.

LUIGI – Eu também gosto. Encanta-me a abundância das borboletas e dos pássaros. Rio-me a não poder mais observando as travessuras dos macacos. Muito interessante um tucano que cacei ontem: tinha um bico enorme, dentado e curvo, quatro vezes mais longo do que a cabeça.

BENEDETTO — E as cobras que assassinam à traição! Já esqueceram Beniamino, nosso patrício, tão alegre, tão forte, picado por uma cascavel dessas que não poupam bois nem cavalos e agitam um guizo sinistro como dobre de finados?! Desgraçado Beniamino! Como padeceu! Inchou de maneira monstruosa, estrebuchou em convulsões horríveis, perdeu a vista, desconhecia os parentes, não podia engolir os remédios e vertia sangue negro por todas as aberturas do corpo. Mísero rapaz! Em má hora acudiu-lhe a ideia de partir...

ISABELLA — E os mosquitos, pequeninos como grãos de areia e ferozes como lobos! E os carrapatos que se nos grudam à pele, armados de chupadores iguais aos das sanguessugas! Ana Griti sofreu febre de erisipela e viu a perna numa chaga porque lhe arrancaram um dos tais denominados miudinhos, deixando na carne os ferrões. Oh! A comichão que produzem incomoda mais do que uma forte dor.

BENEDETTO — Considero pior e mais nojento o bicho de pé, que se mete debaixo das unhas e nos calcanhares. Que tormento a coceira! Antes a da pelagra! E são perigosos esses bichos. Anda por aí muito sujeito com úlceras crônicas e mesmo aleijado, por via deles! Simpatizas com todos estes primores, Giovannina?

GIOVANNINA — Males, adversidades, inimigos é sina do homem encontrá-los em toda a parte. Felizes os lugares em que compensam tais males a grandeza, a beleza perpétua, a variedade e o encanto da vida, como aqui.

ISABELLA — Que beleza em descomunais extensões ermas que esmagam a compreensão! Variedade e encanto da vida numa fazenda! Engana-te a imaginação, minha filha.

GIOVANNINA — Beleza, variedade, encanto, sim. A cultura do café oferece a quem a pratica inteligentemente as mutações encadeadas, o entrecho curioso de um romance.

ISABELLA — Vamos ver.

GIOVANNINA — Inicia-se pelas cenas grandiosas e trágicas das derrubadas e queimadas: multidões de soberbos gigantes vegetais sacrificados, como numa batalha, ao interesse do mais forte e do mais útil. É a lei do mundo! Em seguida, a plantação com mil cautelas e carinhos, idênticos aos usados para com os frágeis infantes. Após, os cuidados contínuos de asseio e higiene das capinas, as precauções defensivas contra a perfídia das intempéries. Enfim, vencida a luta, ei-lo o arbusto que cresce e se desenvolve, sempre rodeado de atenções. Dir-se-ia que adquire razão: entra a produzir. Vêm então as colheitas, ricas de episódios aprazíveis, em que se coligem os frutos à feição de quem munge as ovelhas. Depois, os complicados processos do preparo. Funcionam as máquinas possantes ou sutis, umas que secam, outras que sopram, outras que descascam, outras que escolhem. O mimoso bago, sucessivamente verde, vermelho, preto, transforma-se numa espécie de conta, branca e brilhante, artisticamente cinzelada, tão preciosa quanto um pingo de ouro. E lá se vai correr mundo até dissolver-se no líquido perfumado e saboroso, servido em taças de porcelana nas mesas ricas.

ISABELLA — Estás instruída! Que ardor! Que entusiasmo! Nem que o cafeeiro fosse o teu enamorado!

GIOVANNINA — O cafeeiro é estrangeiro como nós. Veio também de longes terras. Agradou-se da nova pátria; nela permaneceu e medrou a sua flor, branca e cheirosa como o jasmim, lembra uma estrelinha de neve. Trincado, o seu fruto adoça o paladar. A sua cápsula imita uma câmara onde em dois berços, separados por um biombo de seda, dormem dois gêmeos. Demais, o cafeeiro é generoso e grato: recompensa magnificamente a quem o trata com afeto. Amo-o, sim, por que não? Como amo o que é bom, produtivo, útil.

BENEDETTO — Era suma, amas tudo na fazenda, até os asquerosos pretos com quem somos obrigados a conviver.

GIOVANNINA — E por que não estimarei também os pobres pretos tão meigos, tão afetuosos, tão resignados! Como são superiores em dedicação, doçura e liberalidade aos campônios da nossa terra! Acho-os interessantes! Diverte-me extremamente o seu *jongo*, o seu *batuque*, o seu *samba*. Assusta-me o seu *urucungo*. E a viola dos tropeiros? E as modinhas, ao som do cavaquinho? Nada conheço o que mais impregne o coração de deliciosa tristeza.

BENEDETTO — Apesar de tantos atrativos que descreves, confesso que até certo ponto concordo com tua mãe. Renderei graças a Deus no dia em que sacudir o jugo da fazenda. Mas toca a trabalhar... toca a trabalhar... *(Afasta-se com Luigi.)*

ISABELLA — Esqueceu-te enumerar aquilo que talvez mais te aqui prenda e queira o céu não seja a causa da tua desgraça.

GIOVANNINA - Que é?

ISABELLA — Não aludiste ao filho da dona da fazenda, ao simpático João Carlos, ou nhô João Carlos, como o apelidam.

GIOVANNINA — Por que dizes isto? Não te compreendo...

ISABELLA — Preciso falar-te com franqueza e aproveito a oportunidade. Já não és criança. Sempre te distinguiste pelo juízo. Devo aconselhar-te como mãe e como amiga.

GIOVANNINA — De que é que se trata?! Estes modos graves me intimidam.

ISABELLA — Desde que aqui chegamos, o filho da viúva D. Clara, a quem esta fazenda pertence, o Sr. João Carlos, olha-te de certa maneira particular, procura-te constantemente, demora-se a conversar contigo mais do que seria natural. É um moço agradável; tem instrução; dizem que frequentou uma academia, abandonando, quando o pai morreu, em meio os estudos, a fim de auxiliar a mãe. Que te prefere a todos os mais não resta dúvida. Ora, daí pode nascer o teu infortúnio. Calcula a imensa distância que te aparta dele. Não se casará contigo, minha filha. Corteja-te para maus fins; pretende perder-te. Já se murmura por aí a propósito dessa preferência muita história desagradável e é um dos motivos porque me aborrece a fazenda. Se não atalharmos as calúnias e intrigas, a tua reputação sofrerá para sempre. Atende às minhas advertências, Giovannina. Não escutes as vozes falazes dos homens. Na tua pureza está o teu mais precioso bem. Que ganharias em ser a vítima fácil do filho da patroa? Satisfeito o seu capricho, ele te abandonaria sem piedade e ninguém mostraria dó de ti. O que incomoda sobretudo a mim e a teu pai, que me ordenou conversasse contigo sobre este assunto, é que o teu coração não nos parece indiferente aos galanteios do Sr. João Carlos. Noto que os teus olhos se esquecem indulgentes nos dele. O teu entusiasmo pela fazenda revela-se suspeito. Cuidado, minha filha. Estás à beira do despenhadeiro. Arreda-te enquanto é tempo. Não te precipites.

GIOVANNINA — Ah! Mamãe! Quanto me afligem essas suposições! O Sr. João Carlos gosta de conversar comigo e eu também gosto de conversar com ele, porque ele é meigo, é justo, sabe dizer coisas delicadas e curiosas. Todos na fazenda o estimam. É ele quem protege a todos, serve de médico, modera as severidades da mãe e do administrador. Recorda-te de como te tratou com carinho quando adoeceste? No tempo dos escravos, dizem que era o anjo bom desses infelizes. Libertou os seus antes da lei. Quão diferente de sua mãe,

D. Clara, tão orgulhosa e inimiga dos estrangeiros! Gosto dele, sim. Que mal há nisso? Avalio a extensão que nos separa. Ele é rico, eu nada tenho. Ele é proprietário de vastas terras, eu sou mísera operária sem um palmo de chão para dormir. Ele se acha em sua pátria, eu repudiei a minha. Conquanto um pouco mais educados do que o comum, nos não passamos de mesquinhos emigrantes, acossados da nossa terra pela fome. Nunca um pensamento inconfessável me atravessou a mente sobre o Sr. João Carlos. Oh! Nunca. Sei quem sou; reconheço o meu ínfimo lugar. Não ignoras que D. Clara, apesar de sua aversão para com os emigrantes, esforçou-se para que eu ficasse em casa dela, a ajudá-la no serviço doméstico. Recusei, preferindo apanhar café a teu lado. Que injustiça!... Que maldade! Prometo... juro que deixarei de conversar com ele... Saberei repeli-lo... Verás...

ISABELLA — Estás comovida, com os olhos húmidos. Não te quis ofender; porém, como extremosa mãe, te elucidar. A intenção desses moços é simplesmente divertirem-se. Mal da mulher que lhes preste ouvidos! Caro custa um instante de complacência.

GIOVANNINA — A injustiça me revolta. Não me conheces. Sou irmã de Gualtiero: tão altiva, corajosa e digna como ele. Fica tranquila, mamãe. Não me rebaixarei... Não me rebaixarei... Ele não se divertirá comigo, asseguro. Isso, não. Antes morrer...

ISABELLA — Muito bem, Giovannina, E que a Virgem Santíssima te ampare.

Fez-se carregado silêncio. Giovannina colhe com ardor o café. Isabella se afasta. Passos surdos, ruídos indistintos esboçam-se, diluem-se, morrem. De repente, rompe uma voz, cantando em melancólica toada.

A VOZ — Do pinheiro nasce a pinha
Da pinha nasce o pinhão,
Da mulher nasce a firmeza,
Do homem nasce a ingratidão.

Giovannina detém-se. Apoiada no cafeeiro, os olhos perdidos, bebe as notas dolentes que tímidos ecos repetem em apagada surdina.

A VOZ — Hei de pegar em meus olhos
Hei de os furar com um pauzinho;
Os meus olhos são a causa
De eu andar por mau caminho.

Meu amor fala baixinho
Que as paredes têm ouvido:
O segredo mais coberto
É sempre o mais conhecido.

Giovannina suspira. Cruza as mãos sobre o peito, que ofega, inclinada para o lado donde vem as trovas populares. Seus olhos se afogam em ternura e morbidez inefáveis.

A VOZ — Já tive dias felizes
Zombando da sorte austera,
Perdi os sonhos de outrora,
Já não sou quem d'antes era.

Tudo o que nasce no mundo
Tem seu fim particular:
Com destino todos nascem,
Eu nasci para te amar.

Se eu soubesse com certeza,
Que tu me tinhas amor,
Ia cair nos teus braços
Como o sereno na flor.

Uma lágrima desce lenta pela face de Giovannina, que também lenta a enxuga. Solta novo suspiro e recomeça a colher. Soa o tropel de um cavalo. A voz emudece. O tropel se aproxima.

VOZES DISPERSAS — Sua bênção, seu branco. Sua bênção, seu moço. Sum Cristo... Sum Cristo... Bom dia. Bom dia.

OUTRA VOZ *(respondendo)* — Deus o abençoe. Para sempre. Para sempre. Bom dia. Bom dia.

O tropel se avizinha. O cavado para no carreiro próximo ao lugar onde Giovannina colhe. Apeia-se o cavaleiro e dirige-se para ela. É João Carlos, fisionomia a um tempo ingênua e enérgica. Sente-se que é um simples, um primitivo, um bom. A lealdade *espiritualiza-lhe o semblante requeimado. Tem 26 anos. Traz botas amarelas com esporas de prata, chapéu de feltro desabado.*

JOÃO CARLOS — Bom dia, Giovannina.

GIOVANNINA — Bom dia.

JOÃO CARLOS — Como vamos de colheita?

GIOVANNINA — Bem, como vê. Trabalha-se quanto se pode.

JOÃO CARLOS — Este trabalho não é próprio de você.

GIOVANNINA — Por quê?

JOÃO CARLOS — É inferior às suas qualidades, à sua educação. Você devia aceitar a proposta de ir para dentro de casa, servir minha mãe. Tenho insistido tanto! Dói-me ver você em serviço tão duro...

GIOVANNINA — Mas aqui me sinto bem. Estou perto de meus pais, que assim poderão me proteger.

JOÃO CARLOS — Proteger por quê? Receia alguma coisa?

GIOVANNINA — Nada receio, e se houvesse perigo eu saberia defender-me.

JOÃO CARLOS — E então?!

GIOVANNINA — Digo proteger no sentido de aconselhar, de guiar com a sua experiência e o seu afeto, o único verdadeiro da vida.

JOÃO CARLOS — No cafezal, a sua pele tão fina se estragará; as suas mãos tão pequenas se cobrirão de calos.

GIOVANNINA — Que importa?! Na minha posição, não sei, não posso, não devo cuidar

disso. Só devo cuidar de trabalhar honestamente, auxiliando os meus. (*Um silêncio.*)

JOÃO CARLOS — Vou ajudar você a colher.

Acerca-se de Giovannina e, durante alguns segundos, apanha café ao pé dela, ambos cabisbaixos e graves. Ela evita atentamente qualquer contato com os dedos ou o corpo dele.

JOÃO CARLOS — Vim ao cafezal, Giovannina, de propósito para ver a você e estar por momentos a seu lado. Muito esquiva você se mostra para comigo. Parece que não gosta de mim.

GIOVANNINA — Gosto do senhor como gostam todos da fazenda, porque o senhor é bom para todos.

JOÃO CARLOS — Mas eu queria que você gostasse um bocadinho mais do que os outros.

GIOVANNINA — Por quê?

JOÃO CARLOS — Porque estimo você mais do que os outros.

GIOVANNINA — Não ha razão para isso. Não desejo que seja assim, nem acredito.

JOÃO CARLOS — Acredite, Giovannina. Você exerce sobre mim, desde que chegou, um extraordinário encanto. Você é inteligente, educada, sensata. Nem parece emigrante, de tão asseada e bonita. Todos atendem e consideram a você. Aflige-me vê-la entregue a tarefas abaixo do que merece. Eu a estimo muitíssimo. Deixe-se de apanhar café. Siga o que eu lhe indicar. Ganhará mais; ganhará quanto quiser. Fará a sua felicidade e a minha.

GIOVANNINA — Ah! Senhor João Carlos, nunca o julgaria capaz de vir perturbar-me e ofender-me em meio do meu trabalho, o senhor tão poderoso, eu tão pequenina.

JOÃO CARLOS — Perturbar e ofender a você? Eu? Como?

GIOVANNINA — Perturbar e ofender, sim. Que significa a sua proposta? Qual o seu fim? Que relações, além das de serviço, pode haver entre o dono da fazenda e uma humilde operária, como eu? Não me queira fazer mal... Não me queira fazer mal...

JOÃO CARLOS — Fazer mal a você! Mas, ao contrário, só desejo favorecê-la, melhorar-lhe a sorte.

GIOVANNINA — O senhor bem me compreende. Para que subterfúgios?! Nada de comum pode existir entre nós. Desengane-se. Não lhe assenta, Sr. João Carlos, ao senhor tão generoso, tentar assim, por meio de palavras insidiosas, contra o que uma desgraçada, dependente sua, possui de mais sagrado.

JOÃO CARLOS — Você me repele, Giovannina? Deixou algum prometido na Itália? Ama a alguém?

GIOVANNINA — Por piedade, por Deus, não continue a magoar-me. Só prende o meu coração à Itália um irmão que lá tenho. Não o repilo, Sr. João Carlos. Quem sou eu para o repelir? Coloque as coisas no seu lugar. Suplico apenas ao seu cavalheirismo que me deixe sossegada, que não me inquiete, que tenha pena de mim.

Giovannina chora. João Carlos, comovido, dá um passo para ela e quer cingir-lhe a cintura. Ela o repulsa, soltando um grito. Sua fisionomia reveste tal expressão da revoltada surpresa e altivez melindrada que o moço recua.

JOÃO CARLOS — Perdão... perdão...

ISABELLA (*acorrendo*) — Que tens, minha filha? Ouvi-te gritar.

GIOVANNINA — Não foi nada, Um maribondo de que tive medo.

João Carlos permanece pensativo por instantes; retira-se depois a passos vagarosos. Ouve-se afinal o estrupido do seu cavado.

ISABELLA — Que te disse, que te fez João Carlos?

GIOVANNINA — Insistiu para que eu abandonasse a lavoura e fosse servir D. Clara.

ISABELLA — Só?!

GIOVANNINA — A sua insistência tornou-se um tanto importuna. Respondi-lhe como devia.

ISABELLA — Não me enganavam as minhas suspeitas. Cuidado, Giovannina. Isto vai tomando mau caminho. Vai mal.

BENEDETTO *(chegando com Luigi)* — Vai mal, sim, vai muito mal. Está se tornando insuportável. Acabo de ter com o administrador uma dúvida séria a própósito da quantidade do café colhido. O bruto acusou-me de querer furtar; e como eu replicasse indignado, bradou-me que todos os emigrantes eram bandidos, cobriu-nos de injúrias. Disse-me umas frases que me afligiram profundamente.

ISABELLA — Que foi?

BENEDETTO — Disse o miserável que eu abusava, fiado na beleza de minha filha; que viéramos para a fazenda com o plano de impingi-la ao patrão; que os manejos nesse sentido eram patentes e escandalosos; que eu vira passar o Sr. João Carlos e me retirara a fim de deixá-lo sozinho com Giovannina.

GIOVANNINA — Ah! Covarde! Bem mostra que habituou-se a lidar com escravos.

BENEDETTO -Eu devia tê-lo esbofeteado... devia tê-lo esbofeteado...

ISABELLA — Conta ao Sr. João Carlos, para que ele seja punido.

GIOVANNINA — Não; não se queixem a ninguém. Declarastes há pouco que só em atenção a mim permanecíeis na fazenda. Agora, quem lhes suplica sou eu: partamos.

ISABELLA — Depois do que sucedeu, não podemos continuar.

BENEDETTO — Partamos e sem demora. Na cidade encontraremos pronta e vantajosa colocação.

LUIGI - Pois eu sinto a partida... Gosto tanto d'aqui!

BENEDETTO — Está resolvido: partamos. *(Ressoa de novo o tropel do cavalo.)* Aí volta o patrão de percorrer o cafezal. Vou participar-lhe já a nossa decisão. Oh! Senhor João Carlos... Oh! Senhor João Carlos...

JOÃO CARLOS *(achegando-se)* — Que é? Que quer você?

BENEDETTO — Comunico-lhe que eu e minha família deixamos o seu serviço. Queira ter a bondade de mandar fazer as nossas contas. Amanhã de madrugada iremos tomar a estrada de ferro.

JOÃO CARLOS — Por quê? Estão descontentes?!

BENEDETTO — Não nos convém. É resolução inabalável. Vamos agradecidos à sua bondade.

JOÃO CARLOS — E para onde vão?

BENEDETTO — Para a capital.

JOÃO CARLOS Você, Giovannina, aprova este projeto?

GIOVANNINA — Supliquei a meu pai que o adotasse.

JOÃO CARLOS — Nada os retém então neste lugar?

GIOVANNINA (*surdamente*) — Nada.

JOÃO CARLOS (*depois de uma pausa*) — Bem. É melhor mesmo assim. A contragosto, ninguém trabalha em minha fazenda. Nem no tempo do cativeiro. As contas vão ser feitas. Saiam quando quiserem. Dar-lhes-ei condução até à linha férrea. (*Outra pausa*) Vão se arrepender... Vão se arrepender... Vão sofrer... Em suma, faça-se-lhes a vontade. (*Voltando-se para Giovannina*) Guardem estas palavras: Não costumo readmitir colono que uma vez saiu daqui. Para vocês, porém, abrirei exceção. Se se acharem em alguma dificuldade, lembrem-se de mim. Conhecem o caminho. Em toda a parte ser-lhes-á fácil encontrar casa, alimentação e bom salário. Aqui, além de tudo isso, teriam coisa mais rara: um pouco de sincero afeto. Adeus. Sejam felizes. (*Esporeia o animal, que vai-se a galope.*)

ISABELLA — Que é isto, Giovannina. Tens de novo os olhos molhados. Não o escutes...

GIOVANNINA — Eu?! É ilusão. Sinto-me até muito contente... muito contente... vamos aprontar a bagagem. Gotas de suor confundem-se com lágrimas.

ISABELLA — Antes assim fosse, minha pobre filha!

QUADRO QUARTO

Miserável casinha de porta e janela num cortiço do Rio de Janeiro. Sobre as estropeadas cadeiras da sala da frente, há peças de fato roto e servido, frascos de medicamentos, latas vazias. Em cima de uma cômoda estragada, a pequena Madona tem diante de si uma lamparina acesa num pires.

O teto é baixo, e, como as paredes, manchado de sinais de umidade e desasseio. Teias de aranha bambinelam os ângulos. No chão, largas nódoas de gordura e lama.

Pela vidraça descida da janela, na qual um dos vidros partido foi substituído por um pedaço de jornal, avista-se o pátio do cortiço, cheio de tinas de lavadeiras e roupa branca estendida em cordas.

Pesa na sala um silêncio abalado. Zoam moscas importunas e marram tontas a vidraça. Paira um cheiro acre do suor e moléstia.

Do pátio vem um rumor grosso, zebrado de gritos, risadas, rodar de carros, tilintar de campânulas, cantorias, zum-zuns confusos.

Na alcova escura, contígua à sala, dois leitos de ferro ocupam quase todo o espaço disponível. Jazem enfermos nesses leitos Benedetto e Isabella.

Na sala, Giovannina e Luigi conversam a meia voz. Descorados e tristes, revelam terem curtido privações. Vão, de quando em quando, em bicos de pés, entreabrir a porta da alcova, espreitando o sono dos doentes.

GIOVANNINA — Mas como começou isto?

LUIGI — Nossos pais há muitos dias sentem-se abatidos e indispostos. Também são tantas as contrariedades! Deixaram a casa onde estavam empregados, ele como jardineiro, ela como lavadeira. Por mais que anunciassem, não encontraram colocação conveniente. É tão difícil para um casal! Ontem andaram todo o dia de um lado para outro. Voltaram à noite sem jantar, queixando-se ambos de dor de cabeça, abrindo muito a boca, pálidos que pareciam defuntos. Deitaram-se. Tiveram mais tarde calafrios tão fortes que os dentes lhes batiam, a ponto de quase se quebrarem. Em seguida, ficaram ardendo em febre. Suaram depois, de forma a ensopar os colchões. Caíram então nessa prostração em que os vês, mal respondendo às perguntas, numa fraqueza e indiferença extraordinárias.

GIOVANNINA — E que fizeste?

LUIGI — Dei-lhes café e cachaça, como me aconselhou a crioula Cândida, nossa vizinha, que é muito boa e serviçal. É a única pessoa que ainda nos atende. O dono da estalagem e da venda, o Sr. José Medeiros, não fia mais nem um vintém. Tem tido brigas com papai, porque ele não paga a conta antiga. Vendo nossos pais tão caídos, fui, Giovannina, conforme me havias recomendado, se houvesse novidade, chamar-te à casa onde te empregaste. Eis o que há. No mais, devo prevenir-te de que não existe aqui um pedaço de pão. Desde ontem, só comi uma laranja que me ofereceu a Cândida.

GIOVANNINA — Andaste bem indo chamar-me. Lavra na cidade grande epidemia. Nós, os estrangeiros, somos tão sujeitos! Quem sabe se os nossos pobres pais não apanharam a terrível febre amarela?! Não me disseste também que havias procurado um médico?

LUIGI — Pedi a um doutor que dá consultas numa farmácia aqui perto que chegasse até cá. Ele prometeu que viria quando tivesse tempo, declarando que não costuma curar em cortiços.

GIOVANNINA — E papai e mamãe que não falam! Mal me reconheceram. Essa modorra me assusta, embora me tranquilize não vomitarem. Na febre amarela parece que há vômitos constantes, vômitos pretos. Vê se eles ainda dormem, Luigi. Coitados! Valha-nos Deus.

LUIGI *(indo até à alcova)* — Dormem ainda *(uma pausa)*. Que saudades eu sinto da fazenda, das borboletas, dos tucanos, do cafezal. Lá gozávamos saúde; dispúnhamos de amplo espaço; nada nos faltava. Quando alguém adoecia, o Sr. João Carlos, — lembra-te? — era de um carinho nunca visto. Como temos padecido depois que de lá partimos! Foi contra minha vontade. Mas tu o quiseste, Giovannina.

GIOVANNINA — Obedeci a nossos pais. E era preciso.

LUIGI — Decerto te arrependes. Não encontramos na cidade as vantagens que supúnhamos. Fomos obrigados a nos separar, cada um para sua banda. Nossos pais têm vagado de casa em casa, despedidos aqui, não podendo ali aturar os patrões. Eu, já vendi jornais, já engraxei botas, já entrei como aprendiz em várias oficinas, sempre maltratado e descontente. Tu mesma, apesar de tua paciência e coragem, deves ter sofrido bastante, alugando-te como criada ou para cuidar de crianças. Em todo o caso, és a mais feliz, porque todos te estimam e as famílias a quem serves não mais te querem deixar. Por que saíste daquele palacete de Botafogo? Pagavam-te tanto!...

GIOVANNINA — Sim, tenho padecido bastante. O que me aflige principalmente não é o

trabalho. Todo trabalho é nobre. É a ausência de respeito e escrúpulos de certos patrões e da gente que os frequenta para com os criados. Reminiscências da escravidão! Não consideram os empregados auxiliares do serviço doméstico, mas entes inferiores, em relação aos quais tudo é lícito. Duvidam de que eles possam ter honra, altivez, dignidade. Quanta ofensa a cada minuto! Foi por esse motivo que saí do palacete de Botafogo. Oh! A vida de criada é bem dura! Todos os dias, porém, agradeço a Deus a energia e a firmeza com que me dotou. Se não fosse isso, ai de mim! Seria uma desgraçada, como tantas outras! Tens razão, Luigi. A cidade é pouco agradável. Quanta moléstia, que calor, que costumes brutais! Na fazenda estávamos incomparavelmente melhor. Mas não podíamos ficar... não podíamos ficar, ali, pelo menos. Em suma, nada há que se não vença com esforço e resignação. Havemos de vencer. Acabrunha-me agora a inesperada moléstia de nossos pais. Confio em que a Providência os restabelecerá. E a falta de recursos? Tenho-lhes entregue fielmente quanto ganho.

LUIGI — E eu também. Mas não chega. Tudo está caríssimo. Por econômico que se seja, gasta-se mais do que se recebe. E o diabo é que a fome principia a apertar-me.

GIOVANNINA — Na Itália, quando sentias fome, nossa mãe fazia-te dormir. Passaste a noite em claro. Vê se dormes. Eu velarei. O tal médico virá?!

Luigi deita-se sobre duas cadeiras e fecha os olhos. Giovannina, depois de ter ido com mil precauções examinar os pais, encosta-se pensativa à janela. Batem devagarinho à porta. Luigi levanta-se e vai abrir, com um gesto de enfado. Entra a crioula Cândida, alta, fula, desdentada, trajando vistoso vestido de chita.

CÂNDIDA — Bons dias, vizinhos. Como vão os doentes?! Vi-a chegar, D. Giovannina, e vim oferecer-lhe os meus préstimos.

GIOVANNINA — Muito agradecida. A senhora é sempre bondosa. Os doentes continuam na mesma, quietos, dormindo... dormindo... Mas não têm febre... A pele está muito fria.

CÂNDIDA - Se quiser, eu vou buscar minha amiga, a cabocla Libânia, sem igual para benzer erisipelas e cortar sezões. Sabe umas rezas e usa uns raminhos milagrosos, infalíveis...

GIOVANNINA — Não, obrigada. O médico ficou de vir.

CÂNDIDA — No seu caso, eu preferia a Libânia. Perdoe-me que lhe diga, mas esta sua casinha a modo que botaram nela mau agouro. A todos que aqui moram sucede algum desgosto. Permita a Virgem Maria que a senhora seja mais feliz. A Libânia talvez esconjurasse o maldito...

GIOVANNINA *(apontando para a Madona)* — Temos ali quem nos defenda.

CÂNDIDA — Nossa Senhora vale muito, não há dúvida. Mas a Libânia... Enfim, meu desejo é ser-lhes útil de alguma forma. Se precisarem de mim, é avisarem com franqueza. Sou pobre, mas gosto de ajudar os outros. Adeus. Vim só por um instantinho, para uma pequena visita. Estou muito ocupada. Desejo que os doentes sarem. Vou prometer uma vela de cera a Nossa Senhora dos Remédios para que não seja nada. Olhem, necessitando de mim é só fazerem: — psiu!

GIOVANNINA — Como a senhora é amável! Quando e como lhe pagarei tamanhos favores!...

CÂNDIDA — Deixe-se disso... E a propósito de pagar... *(Levando Giovannina para um canto e baixando a voz)* Sei que os senhores estão sem dinheiro e o ladrão do galego José Medeiros não lhes fia mais nada. Feijão ha sempre lá em casa e bastante. Sirvam-se dele, sem acanhamento. Precisam, decerto, de alguns cobres para remédios. Tome lá... *(Entrega a Giovannina, que a princípio se retrai, uma nota bancária).* Tome lá... tome lá... É um empréstimo. Não se finja de soberba. Tome lá, do contrário me zango... E até já... Adeus. *(Sai).*

GIOVANNINA — Excelente criatura! Obsequiar aos outros é nela necessidade irresistível! Sempre disposta à caridade, seja para com quem for. Singular país onde em corpos tão negros e feios se abrigam almas tão belas e puras! Que de superioridades nestes subalternos! Vem cá, Luigi. Olha... *(Passa-lhe a nota)* Corre e compra alguma coisa para comeres e para nossos pais quando despertarem. Mas, antes, volta ao médico. Insiste... Traze-o. Se ele se negar, dá-lhe o dinheiro. Porém traze-o... traze-o... A imobilidade de nossos pais, o torpor e quebrantamento em que os vejo me apavoram. Ouviste a Cândida? Nesta casa reina mau agouro. Tristes pressentimentos me agitam. Conviria porventura consultar a Libânia. Anda, Luigi.

Luigi parte. Giovannina vai contemplar longamente os pais. Volve; ajoelha-se perante a Madona na qual, as mãos cruzadas, crava olhos extáticos. Batem de novo à porta. Giovannina levanta-se alvoroçada, supondo que é o médico. Recua, reconhecendo o dono da estalagem, o sr. José Medeiros, atarracado, sujo, chinelos sem meias, em mangas de camisa, deixando à mostra o peito hirsuto, olhos insolentes na face cínica.

JOSÉ MEDEIROS — Bons dias, menina. Soube que tinha chegado; vim vê-la. Como vão os seus doentes?

GIOVANNINA — Continuam na mesma, dormindo sempre.

JOSÉ MEDEIROS — E seu mano?

GIOVANNINA — Foi buscar o médico.

JOSÉ MEDEIROS — Ah! A menina está só?! Pois estimo *(um silêncio).* Preciso, de há muito, dizer-lhe duas palavras. Não ignora que seus pais me devem bem regular quantia.

Eu tenho tido contemplação com eles, simplesmente por amor à menina. Se não fosse isso, já os haveria obrigado a desatravancarem o cômodo, que não faltam alugadores.

GIOVANNINA — Obrigada! Hei de pagar... Havemos de pagar.

JOSÉ MEDEIROS — Não tem que agradecer. Procedo assim porque a menina me enfeitiçou. Acho-a bonita, acho-a interessante. Sou capaz de loucuras por sua causa. Se precisar de alguma coisa, com que prazer eu a servirei...

GIOVANNINA — De nada preciso... Adeus... *(Faz um gesto de despedida).*

JOSÉ MEDEIROS — Escute. A menina de um momento para outro pode ficar só neste mundo, ou apenas com seu mano pequeno, o que importa o mesmo. Não dispensará uma proteção. É melhor ser protegida por um homem sério e que possua alguns meios, como eu, do que ser seduzida aí por algum pelintra, sem eira nem beira, que a abandonará ao cabo de algum tempo. Pense no futuro. Eu, em alguém me agradando, não poupo sacrifícios. E ninguém me agrada mais do que a menina.

GIOVANNINA — Bem... bem... Adeus *(Esforça-se por fechar a porta. José Medeiros não o permite).*

JOSÉ MEDEIROS — Eu cá não sou de meias medidas: pão, pão, queijo, queijo. Falemos franco: a menina tem de cair mais dias menos dias, como todas as outras. Por que não aceita desde logo a minha proteção?! Havia de ser feliz. Eu não só perdoaria a dívida de seus pais, como daria de graça à menina o melhor quarto da estalagem, bons petiscos, bonitos vestidos, dinheiro para seus desperdiciosinhos... Reflita, que o negócio é bom.

GIOVANNINA — Oh! Senhor! Queira retirar-se... Deixe-me... Deixe-me...

JOSÉ MEDEIROS — A menina é quem deve deixar-se de orgulhos e luxos. Quem nada tem e ainda deve, não pode usar disso.

(Da alcova dos enfermos sai um gemido. Giovannina precipita-se para lá. José Medeiros a retém, segurando-a pela mão).

GIOVANNINA *(debatendo-se)* — Deixe-me... deixe-me, por piedade. Não me injurie, pelo amor de Deus.

JOSÉ MEDEIROS — Não se faca de rogada.

GIOVANNINA — Deixe-me... deixe-me... Eu grito por socorro!

JOSÉ MEDEIROS — Qual socorro! Aqui quem manda sou eu. Falo-lhe como amigo: a menina tem em sua formosura uma grande riqueza desaproveitada. Dê-me preferência. Lucrará, acredite...

A VOZ DE LUIGI *(no pátio)* — Aí vem o doutor... aí vem o doutor...

JOSÉ MEDEIROS — Continuaremos a conversa em outra ocasião...

GIOVANNINA — Miserável! *(Volvendo os olhos para a Madona)* Que horror, minha mãe do céu, que horror!

JOSÉ MEDEIROS *(saindo)* — Há de amansar... há de amansar. Tenho prática... As mais ariscas amansam... Sobretudo se os velhos esticarem a canela.

(Entra o médico grisalho, calvo, de óculos, fisionomia dura.)

O MÉDICO — Onde estão os doentes?! Não tenho tempo a perder, nem costumo tratar em cortiços, porque em geral dão muito trabalho e não pagam. *(Reparando em Giovannina, com voz mais branda)* A senhora é parenta? Como vão eles?

GIOVANNINA — Sou filha. Meu irmão, que foi chamar o doutor, já lhe forneceu, de certo, todas as informações. Persistem a modorra e a insensibilidade.

O MÉDICO — Febre?

GIOVANNINA — Não, nem vômitos e é o que me tranquiliza. Não se trata, pois, de febre amarela.

O MÉDICO — Há quanto tempo estão no Brasil?

GIOVANNINA — Há pouco mais de um ano.

O MÉDICO — Sempre no Rio?

GIOVANNINA — Não; numa fazenda. Aqui, não fez ainda dois meses.

O MÉDICO — Completamente desaclimados. Vamos ver os doentes.

GIOVANNINA *(abrindo a porta da alcova)* — Papai... mamãe... o doutor.

A alcova é tão escura que o médico reclama uma vela. Isabella e Benedetto jazem estuporados nos leitos sem lençóis, rebuçados apenas de cobertores vermelhos. Têm os olhos abertos virados para cima, numa expressão de desvario. Fundamente decompostas as fisionomias, a respiração fraca e embaraçada. Pelas bocas lassas avista-se-lhes a língua seca e trêmula, as gengivas e os dentes revertidos de uma camada denegrida. O médico examina-os largamente, abanando a cabeça. Giovannina segue-lhe ansiosa os movimentos. Os enfermos parecem nada ver, não ouvindo as interrogações que se lhes dirigem.

GIOVANNINA — Então, doutor? Não é febre amarela?

O MÉDICO — Coisa equivalente, ou pior. Uma perniciosa grave.

GIOVANNINA — Ambos?!

O MÉDICO — O caso é comum. O mesmo foco de infecção atuando simultaneamente sobre vários pacientes.

GIOVANNINA — Mas vão ficar bons; não é verdade? São tão fortes... É a primeira vez que adoecem.

O MÉDICO *(saindo para a sala)* — Deviam ter atacado o mal em começo, com energia e rapidez. Agora... não sei. Em todo o caso, podia-se tentar ainda injeções hipodérmicas de quinina... Mas eu não trouxe o aparelho... Vou buscá-lo e voltarei mais tarde. *(cumprimentando Giovannina).* Passe bem, minha senhora.

GIOVANNINA — Vai-se embora sem nada receitar?! Acha-os mal... Diga... Diga...

O MÉDICO — Estão mal, sim, muito mal.

GIOVANNINA — Mas há esperança... não é assim?! Há esperança...

O MÉDICO *(apontando para a pequena Madona)* — Não é religiosa?! Pois apegue-se às suas devoções, que muito servem nestes transes. Tenha calma, resigne-se... Adeus, minha senhora. E retire-se daqui quanto antes, ouviu? Mesmo do Rio, se for possível. *(Saúda-a com a cabeça e sai. Na porta, encontra-se com Cândida, que traz numa bandeja xícaras do café.)*

CÂNDIDA — Não é servido, doutor? É fresco... Fui prepará-lo quando o senhor entrou. Como achou os doentes?

O MÉDICO — Obrigado; não tenho tempo. Os doentes estão na agonia. Vá socorrer aquela pobre moca. Ainda podem sobrevir convulsões e delírio. Poucas horas hão de durar.

CÂNDIDA — Na agonia?! Santo Deus... Eu bem dizia que a casa tinha mau agouro. Não quiseram chamar a Libânia para benzer... Na agonia?! Coitadinha da moça. Talvez a Libânia... Vou buscar uma vela benta para lhes pôr nas mãos.

O MÉDICO — Sim; chamem a Libânia. *(Afasta-se sorrindo).*

Na sala, Giovannina permanece de pé, os braços pendentes, muito pálida, lançando lentos olhares da Madona à alcova dos enfermos. Luigi mastiga um pedaço de pão, tamborilando com os dedos na vidraça.

CÂNDIDA *(entrando com uma vela de cera e um crucifixo)* — Tenha fé em Deus, D. Giovannina, tenha fé em Deus. Se quer, eu mando buscar a Libânia. Talvez seja tempo ainda.

GIOVANNINA — Mande... mande depressa...

A crioula dá a Luigi um longo recado para a feiticeira, com muitas recomendações a respeito do modo de encontrá-la e da urgência do chamado. Luigi parte correndo. Cândida penetra na alcova, coloca o crucifixo sobre uma cadeira entre os dois leitos. Fixa a vela de cera num castiçal de latão e acende-a. Giovannina acompanha-a automática, como uma sonâmbula. Estremece ao contemplar o semblante cadavérico dos pais, à luz fúnebre do círio.

GIOVANNINA — Não é possível. Não é possível. Isto é um sonho horroroso! Ambos ao mesmo tempo. Não é possível...

CÂNDIDA — Tenha fé em Deus. Faça uma promessa a Nossa Senhora da Aparecida. A Libânia não tarda.

Giovannina ajoelha junto aos moribundos. Toma-lhes as mãos; beija-os, ora um, ora outro; acaricia-lhes os cabelos; arranja-lhes os cobertores com infinita meiguice.

GIOVANNINA *(baixinho)* - Papai... mamãe... respondam. É Giovannina quem está aqui. É Giovannina que estimais tanto e a quem sempre atendeis... Papai, mamãe, ficai bons. Não me deixeis no mundo Não me abandoneis. Sentis frio? Tendes sede? Vossas mãos estão geladas e cobertas de suor! Papai, mamãe... É Giovannina! Tende pena de mim *(Longo silêncio.)*

BENEDETTO *(a voz sumida, trôpega)* — Os trigais estão maduros e o café também. A neve vai cair. O rio enche... O navio caminha... Terra nova... Terra nova...

GIOVANNINA — Papai fala... Papai está melhor... Sou eu, papai. Abençoa-me... abencoa-me.

BENEDETTO - Itália... Miséria... Outra pátria... *(Solta uma risada e recai na modorra. A respiração vai-se-lhe amortecendo e o corpo inteiriçando.)*

GIOVANNINA *(voltando-se para Isabella)* — Fala tu, mamãe, fala, por piedade. Não morre, não, mamãe. Ou leva-me contigo. Mamãe, minha querida mamãe, mamãezinha, mamãezinha...

ISABELLA *(balbuciando)* - Gualtiero... Gualtiero... Vem cá...

GIOVANNINA — Ah! Meu irmão! Tinhas razão, talvez... Por que partimos? Por que partimos?

Encosta o rosto na mão de Isabella. Soluça desesperada. Cândida, de joelhos ao lado dela, mexe os lábios, rezando, e desfia um rosário. Lágrimas longas lhe adamantinam a treva da face. Benedetto exala um fundo gemido e expira.

CÂNDIDA — D. Giovannina... D. Giovannina... Vá para fora. Não remedeia nada estar aqui. Eu fico... Vá...

GIOVANNINA *(arremessando-se sobre o corpo de Benedetto, abraçando-o, beijando-o, como doida)* - Papai... Papai... Meu Deus! Virgem Santíssima! Misericórdia! Não respira mais... Morreu... morreu...

Isabella se contorce toda numa convulsão. Cândida procura contê-la... Lutam. Num dos movimentos, a vela de cera tomba e se apaga. Mergulha-se a alcova em penumbra sinistra.

GIOVANNINA — Mamãe... Mamãe... sossega. Papai morreu, mamãe, papai morreu... Sossega, mamãe...

As convulsões de Isabella são horríveis. Arqueia-se com força irresistível. Range os dentes. Espuma. Giovannina e Cândida debatem-se com ela, ofegantes. A custo a impedem de se despenhar do leito. Sacode-lhe, por fim, os membros, violento tremor. Estende-se depois, inerte, passiva, morta.

CÂNDIDA — Descansou. Vá acender a vela benta, D. Giovannina. Saia daqui...

GIOVANNINA — Morreram ambos... morreram ambos... Mas não é possível... Papai?! Mamãe?!

Cândida arrasta-a para a sala. Rápida circula no cortiço a notícia da morte. Os moradores — lavadeiras (saias arregaçadas, braços nus, largos chapéus de palha), trabalhadores, moleques maltrapilhos, invadem curiosos o aposento; fazem comentários em voz baixa; vão na ponta dos pés espiar os cadáveres. Giovannina parece indiferente a tudo, sentada, o rosto oculto nas mãos. Cândida, solícita, ora lhe dirige frases de animação, ora cuida dos finados. Cerra-lhes as pálpebras, fecha-lhes a boca, amarra-lhes os pulsos sobre o peito, entrelaçando-lhes os dedos, sob os quais mete imagem de santos.

JOSÉ MEDEIROS (*acercando-se de Giovannina*) — Sinto muito o desgosto da menina. É como lhe disse, estou às suas ordens para o que quiser. Agora, mais que nunca, precisa de proteção. E é necessário tratar do enterro, sem demora.

Giovannina não responde, imóvel. José Medeiros repisa os oferecimentos. Retira-se, por fim, encolhendo os ombros.

LUIGI *(entrando)* — Aí vem a Libânia... Aí vem a Libânia...

CÂNDIDA — Veio muito tarde...

GIOVANNINA *(erguendo-se num ímpeto e abraçando-se com o irmão)* — Já não temos pais, Luigi, já não temos pais!...

Choram estreitamente, enlaçados. Vão, em seguida, beijar os mortos, ao pé dos quais há nova crise de desespero. Cândida arreda-os com dificuldade, chorando também.

LUIGI — E que vamos fazer?

GIOVANNINA — Não sei... não sei... o que Deus for servido.

CÂNDIDA — Não podem de maneira alguma continuar aqui. Arriscam-se a apanhar igualmente alguma moléstia. Estas febres malignas pegam muito nos estrangeiros. Vão para minha casa. Andem. É pequena, mas chega. Sem cerimônia. Vão. Eu fico e me incumbo de tudo, como se fosse filha deles. Coitados!

LUIGI — Oh! A fazenda!

GIOVANNINA — Sim... a fazenda... *(Permanece meditativa alguns segundos. Murmura, depois, maquinalmente)* — "Em toda a parte ser-lhes-á fácil encontrar casa, alimentação e bons salários. Aqui, além de tudo isso, teriam coisa mais rara: um pouco de sincero afeto."

QUADRO QUINTO

Ampla sala, em forma de ferradura, de um teatro italiano. Pródiga a decoração! Colunatas, medalhões, figuras alegóricas, painéis mitológicos, dourados à larga. A plateia descamba em suave declive para a orquestra numerosa. Cinco ordens de camarotes, forrados do vermelho. Despejam-se das lâmpadas elétricas e tudo inundam ondas de intenso luar, lácteo, rijo e frio, como mármore polido. O conjunto enleva e deslumbra. Pulula a multidão.

Que lindas mulheres povoam os camarotes, ostentando extraordinários requintes do luxo! Que de variegadas sedas, cetins e veludos, consorciados da mais graciosa maneira! Que magníficos braços e colos nus, e ornados de joias e de flores! Quantos mancebos donosos, de alta elegância, procurando dar a mais nobre postura aos corpos e a mais distinta expressão às fisionomias!

As palpitações dos leques, as cintilações dos diamantes, a profusão das cores, a multiplicidade dos semblantes e das atitudes produzem a maravilhosa impressão de um imenso caleidoscópio vivo.

Congrega-se ali quanto possa impressionar o espírito e os sentidos. Refinadíssima conereção social da suntuosidade e do bom gosto, produto de extremada civilização! Esmeram-se homens e coisas, por meio de mil complicados artifícios, em sugerir a ideia de inexcedível cultura, galanteria sem par, absoluta seleção.

Canta-se Parsifal, uma das obras primas de Richard Wagner.

Forma o entrecho uma legenda medieval em que há torneios, reis aclamados e reis depostos, castelos misteriosos, princesas prisioneiras, feiticeiros, lanças encantadas, de cuja ponta pinga sempre sangue, proezas de paladinos, talismãs, — e em que figura o S. Graal — vaso simbólico, de estrutura inefável, inapreensível ao olhar e a descrição, pelo qual, segundo uns, Jesus bebeu na ceia com os apóstolos e onde, consoante outra versão, José de Arimateia colheu gotas de sangue do próprio Cristo moribundo.

Da música transborda grandiosa inspiração. Paira, por sobre as vagas sonoras, a alma das eras místicas. A poesia profunda da cavalaria, os arroubos dos séculos ascéticos, as aspirações, os sofrimentos, as fantasmagorias, os devaneios íntimos de todo um enigmático ciclo histórico perpassam em estupendas combinações melódicas, das quais cada uma evoca uma imagem ou desvenda perspectiva infinita.

É a arte na sua mais complexa e sublime manifestação, ou antes, o concurso simultâneo de todas as artes num supremo esforço expressivo. Tragédia, epopeia, idílio, desenho, escultura, mecânica, ótica, arquitetura, dança, aliam seus principais elementos para o efeito da grande obra musical. E a torrente de harmonias empolga a inteligência e a sensibilidade dos espectadores, arrastando-os, como num voo, às regiões supernas, onde, *longe da miséria humana, começa-se a respirar o ambiente do divino.*

Terminou um dos atos. Levanta-se e agita-se a turba, ainda vibrante. Saem uns; entram outros. Vendedores de jornais, frutas e confeitos cirandam, gritando entre as filas das cadeiras. Mancebos de pé, voltadas as costas para o palco, assestam os binóculos, pesquisando os camarotes. Nestes fazem-se visitas, conversa-se, ri-se. Reina um burburinho alegre. Flutua uma poeira luminosa no ar, pejado de aromas. Resplandecem as damas; e os seus pandos leques multicores batem lânguidos, como asas de anjos cansados ou de pássaros cativos.

Junto à orquestra, vários moços encasacados, camélias e cravos ao peito, palestram a meia voz, circunvagando curiosos olhares pelo recinto.

UM MOÇO — Bela sala! Comércio, política, ciência, artes estão representados. Formosas mulheres! Formosas mulheres! Há muito tempo que não vejo espetáculo tão agradável, casa tão cheia.

OUTRO MOÇO *(passando o binóculo ao primeiro)* — Repara na marquesa de Felsina e na duquesa de Cengio. Esplêndidas *toilettes!* A da marquesa exagerada, como sempre. A mulher do banqueiro Cavagnola traz em si um mundo de pérolas e brilhantes.

O PRIMEIRO MOÇO — E como está pintada! Olha a Diana Civelo como conversa com Domênico, o célebre médico. Hum! Gestos frios e cerimoniosos em extremo, traduzindo intimidades secretas!

SEGUNDO MOÇO — Pobre marido! Mais um para a santa irmandade.

OUTRO MOÇO — O banqueiro mostra a fisionomia carregada. Perderia hoje na bolsa ou surpreenderia alguma traição da sua nova amante, Bianca... a pequena Bianca de olhos verdes e que tem um sinal preto no flanco direito?!

OUTRO MOÇO — Quem será aquela senhora do terceiro camarote da segunda ordem? Não a conheço.

OUTRO MOÇO — Nem eu. É bonita. Parece provinciana pelo vestuário. Bem bonita, sim senhor. Vamos contemplá-la de perto. Saiamos.

OUTRO MOÇO — O *demi-monde* está também *au grand complet.* A Clemenza, a Rachele, a Giudita... Não há dúvida, magnífica festa.

OUTRO MOÇO — Quem está agora com a Giudita?

O PRIMEIRO MOÇO — Creio que é o general Marcantonio. Mas há, já se sabe, o *amant de coeur,* um deputado napolitano muito falador, indigitado para ministro, cujo nome não me ocorre. Por outro lado, da mulher de Marcantonio correm coisas extraordinárias...

Num camarote. Um cavalheiro grisalho e uma senhora de certa idade, aspecto distinto, denotando antiga formosura, conversam sentados, na frente. Um grupo de damas e rapazes, entre os quais um jornalista, conversam de pé, no fundo, a rir.

O CAVALHEIRO — Gosta desta opera, condessa?

A CONDESSA — Oh! A princípio, como toda a gente, achava Wagner insuportável. Rossini, Meyerbeer, Verdi, nalgumas peças, eram os meus maestros. Hoje, como toda a gente, efeito da moda ou reação da verdade, começo a apreciar Wagner.

O CAVALHEIRO — Sim; Wagner triunfa, impõe-se. Mas é preciso ir a Bayreuth para conhecer o verdadeiro Wagner. Imagine que lá a orquestra é invisível. Nada de camarotes laterais. Pouquíssima luz. O público vai para ouvir e não para ver ou ser visto. Aliam-se em Bayreuth a nobreza e a simplicidade do teatro antigo aos mil aparelhos complexos fornecidos pela ciência moderna... Um encanto... um portento... Genuíno templo da arte sublime...

A CONDESSA — Qual a melhor composição de Wagner?

O CAVALHEIRO — Todas excelentes. Muitos dão primazia a *Tannhäuser*. A *Walkyria* oferece no primeiro ato criações geniais. No *Götterdämmerung*, crepúsculo dos deuses, encontram-se coisas assombrosas. E cumpre ler-lhe os livros, porque Wagner é igualmente insigne escritor. Estupendo revolucionário... Divino espírito, o maior do século...

A CONDESSA — Que wagneriano intransigente!

O CAVALHEIRO - Por que não há de ter a arte seus fanáticos, como a religião e a política?

O JORNALISTA *(intervindo)* — Sabem que foi *Parsifal* quem matou Wagner?

A CONDESSA — Como assim?

O JORNALISTA — As últimas representações de *Parsifal* em Bayreuth tinham-lhe esgotado as forças. Partiu para Veneza, a fim de restaurá-las. Hospedou-se no palácio Vendramini, pertencente outrora ao Conde de Chambord. Trabalhava, entretanto, para dar de novo *Parsifal* na estação próxima. Um dia, ao entrar na gôndola, teve, a propósito da partitura, um dos habituais acessos de cólera furiosa. De tão forte, esse lhe foi fatal. Sofria do coração. Hipertrofia, se não me engano. Morreu pouco depois. Jaz em sua quinta de Wankfried, ao lado do túmulo que erigiu ao seu cão fiel, Russ.

UM RAPAZ *(de perfil aristocrático e impertinente)* — Está bem informado, obrigação, aliás, do seu ofício. Mas o essencial é que se não fosse Luiz II da Baviera, Wagner não atingiria o ponto que atingiu. E acusam a realeza! Impossíveis nas repúblicas tais proteções.

O JORNALISTA — Atenas, mãe das artes, era república. Péricles...

UMA JOVEM SENHORA *(muito magra, fealdade maliciosa, picante e atrativa)* — Oh! Por quem é... Reserve a erudição para o folhetim de amanhã. Aprecio em Wagner, mais do que a música, as excentricidades. Ganhava rios de dinheiro e vivia exausto de meios.

O JORNALISTA — A segunda parte não constitui excentricidade. Ao contrário, é fato muito comum.

A JOVEM SENHORA — Desejo que não fale por experiência própria. Mas Wagner viajava levando consigo a decoração do seu quarto de dormir, que devia ser forrado sempre de cetim azul ou verde pálido... Uma costureira de Viena preparava as roupas com que ele trabalhava: corpetes de seda cor de rosa, *robes de chambre* vermelhos, reçumantes de laços de fitas e bordados. Usava camisa de rendas e botinas de cetim claro.

O JORNALISTA — E era doido pelo perfume das rosas. Os aposentos que ocupava nos hotéis rescendiam a rosa por longo tempo, assinalando a sua passagem...

Num camarote fronteiro, duas damas, uma velha e outra moça, tomam sorvetes observando atentamente o camarote da condessa.

A MOÇA — Delicioso gelado... sente-se o gosto da fruta. Mas receio me faça mal.

A VELHA — Realmente, deves estar fatigada. A estação tem sido de divertimentos excessivos: *garden-parties,* banquetes, bailes... Amanhã não podemos deixar de comparecer ao concerto de caridade... É demais!

A MOÇA — Olha que *toilette* extravagante a da condessa Ernestina. Que falta de gosto! Dir-se-ia uma libré fúnebre.

A VELHA — Luto talvez pelas enormes perdas que o conde sofre ao jogo.

A MOÇA — Que lhe estará a contar o importuno barão Carlos? Sem dúvida sonolentas tiradas sobre música do futuro, quando nem da presente entende patavina, e descrições de Bayreuth, onde nunca pôs o pé. Uma mania como outra qualquer. A nós, não nos visita ele. Descortês...

A VELHA — No fundo do camarote vejo a pequena Sara. Não sei como a condessa a tolera. Asseveram que é espirituosa. Não passa da língua mais maldizente da Europa. Está atassalhando, decerto, a reputação alheia.

A MOÇA — E cada vez mais magra. Uma indecência andar decotada. Que clavículas, que braços, semelhantes a palitos!

A VELHA — Precisamos procurá-la. Há duas semanas que não lhe deixamos um simples cartão...

Nos corredores, entrecruzam-se pessoas que passeiam. Cumprimentam-se. Param algumas em rápidos colóquios. Ligeira fumaça, cheirando a charuto, sobe do buffet, donde saem tinidos de louça, estouros de rolhas, brados confusos, gargalhadas.

UM RAPAZ *(disfarçadamente a uma mulher espaventosa que passa)* — Estás radiante, Cecília. Com quem vais cear?

A MULHER — O Arturo convidou-me, mas receio me pregue calote. Se quiseres, te esperarei depois do espetáculo, à porta da esquerda.

O RAPAZ — Está dito.

UM BANQUEIRO *(num canto, interpelando um colega)* — Que há de novo? Subirão amanhã os fundos turcos? Confirmou-se o boato de que a Espanha vai contrair novo empréstimo? Qual a taxa provável da emissão?

O SEGUNDO BANQUEIRO — A bolsa amanhã vai ser quente. Pode-se ganhar muito ouro... muito ouro. Já estudaste o negócio das minas mexicanas? Parece-me que os títulos de prelação...

O PRIMEIRO BANQUEIRO — Com franqueza, meu velho, és muito fino e muito meu amigo. Mas não me passas e perna nessa história de títulos mexicanos, como tens feito a tanta gente boa. Estou a par do segredo... *(Riem os dois. Acerca-se um político, a quem ambos saúdam reverentes, indagando solícitos da saúde dele.)*

O SEGUNDO BANQUEIRO — Que novidades há, meu caro senador, nas esferas superiores?

O SENADOR — Consta que o czar da Rússia expediu um telegrama gentilíssimo ao presidente da república francesa, convidando-o para uma caçada. É a paz garantida.

O PRIMEIRO BANQUEIRO — O 4% francês que já manifestava tendências para a alta tornar-se-á ainda mais firme. Convirá comprar ou vender?

O SEGUNDO BANQUEIRO — Não haverá perigo de perturbações internas?

O SENADOR — Qual! O ministério conta com dedicada maioria. O socialismo e o anarquismo que, durante certo período, provocaram cuidados, desanimaram diante da energia dos governos.

O PRIMEIRO BANQUEIRO — Cumpre, entretanto, que se celebre um acordo internacional para exterminar sem dó essa cáfila de doidos perversos. Enquanto não se efetuar tal acordo, a sociedade correrá sério risco.

O SENADOR — Não acredito. Manifeste-se a autoridade disposta a reagir e a agitação cessará. Nada de sentimentalismo. Tenho princípios democráticos, mas a guilhotina e a força são instrumentos de ordem, paz e, conseguintemente, de felicidade pública. O nosso mal provém de excessos de liberdade. Demais, os descontentes que emigrem, seguindo a regra: o incomodado é que se muda. Não faltam colônias.

OS BANQUEIROS — Apoiado... apoiado.

Dois críticos — um baixo, gordo, de pince-nez, *outro de longa cabeleira romântica — passam falando, de braço dado.*

O PRIMEIRO CRÍTICO — O tenor tem hoje desafinado algum tanto. Noto-lhe desfalecimentos nas notas agudas.

O SEGUNDO CRÍTICO — Não há tal. Acho-lhe a voz de uma limpidez e segurança incomparáveis. Na orquestra, sim, registrei várias hesitações. Vou ser severo em meu folhetim.

O PRIMEIRO CRÍTICO — Ora, deixa-te disso. A orquestra tem se portado de modo admirável. O que há é que estás zangado com o regente...

UM SUJEITO *(chamando outro para um canto)* — *Não* se esqueça de que a sua letra se vence dentro de três dias. O credor não tolera demoras. Veja meios de pagar.

O SEGUNDO SUJEITO *(tipo de janota, pérolas no peito da camisa e nos punhos)* — Diabo...diabo... E estou com a caixa arqui-vazia. Em suma: adiemos para amanhã os negócios sérios. Por agora, tratemos de nos divertir.

Um cavalheiro dando o braço a uma dama que arrasta soberba cauda de veludo.

A DAMA — É então coisa assentada o casamento do advogado Baltazare com a viúva Olivia Saraiva?!

O CAVALHEIRO — Por estes dias assinam o contrato. Participou-me ele há momentos, radiante de júbilo.

A DAMA — Ela é tão feia...

O CAVALHEIRO — Mas é tão rica... Depois, se só as bonitas se casassem, que seria do matrimônio?

Na frente de um camarote, um rapaz troca frases cerimoniosas com uma senhora, que não o encara, interessada pelo aspecto da sala. O semblante de ambos patenteia indiferença e tédio.

O RAPAZ — Amo-te sempre; amo-te cada vez mais. Nada ouvi, nada vi. A minha celeste

harmonia, o meu talismã, o meu S. Graal és tu. Por ti, como Parsifal, eu me atreveria a ferir combates contra forças sobrenaturais. Amo te muito, crê.

A SENHORA — Mais baixo... mais baixo... Podem ouvir... Já desconfiam. Ele aí vem.

O RAPAZ — Que me importa... Poderei encontrar-te amanhã em nosso retiro?

A SENHORA — Talvez.

O RAPAZ — Talvez, não. Dize que sim.

A SENHORA — Que é que exiges, que eu não faça?

O RAPAZ — Obrigado, obrigado. Amanhã, às 3 horas, sem falta. *(Faz à senhora uma mesura de etiqueta e sai fleumaticamente.)*

Na plateia, em cadeiras de segunda classe, um homem avelhantado, fisionomia simplória, e uma mulher madura, de vestuário estridente, carregada de joias de mau gosto.

O HOMEM *(bocejando)* — Queres que te fale com franqueza? Isto está sumamente aborrecido e eu caindo de sono. O tal Wagner não me pilha mais. Vamos embora, que tenho de abrir a loja amanhã muito cedo.

A MULHER — Bem indicas que és uma alma rude, sem sentimento artístico. Havemos de ficar até o fim.

O HOMEM — Deixa-te de histórias. Achas Wagner tão insuportável quanto eu. Conheço-te há vinte anos! O que queres é mostrar o teu vestido novo e fingir que entendes destas músicas difíceis. Vamo-nos deitar.

A MULHER — Os bilhetes custaram tão caro! É preciso aproveitar tudo.

Na galeria superior, reservada à plebe, dois estudantes modestamente vestidos, frontes inteligentes e sonhadoras.

O PRIMEIRO ESTUDANTE — Acertei em empenhar o relógio a fim de vir a este espetáculo. Lá está num camarote a minha princesa. Que linda! Tem o porte de Juno e a candidez da Virgem Maria. Como a adoro! Não ser eu Petrarca para imortalizar a nova Laura!

O SEGUNDO ESTUDANTE — E ela corresponde?

O PRIMEIRO ESTUDANTE — Nem suspeita a minha existência. Eu mesmo ignoro-lhe o nome. Sei vagamente que é filha de uma marquesa. Que importa! Amo-a com todas as forças do meu ser. É a minha musa, o meu ídolo, a minha estrela. Há um mês que dispendo o pouco que ganho em percorrer todos os lugares públicos onde presumo encontrá-la. Contemplá-la de longe um segundo basta a iluminar-me infinitamente o coração.

O SEGUNDO ESTUDANTE — Eu também empenhei não o relógio, pela simples razão de que não possuo esse burguês e inútil objeto, mas todos os meus livros de estudo para comprar um bilhete. Minha paixão é a música. A harmonia me embriaga como um vinho divino:

"Fille de la douleur, Harmonie!Harmonie!
Langue que pour l'amour inventa le génie!
Qui nous vint d'Italie, et qui lui vint des cieux."

O PRIMEIRO ESTUDANTE — Ah! Citas Musset? Pois eu cito o meu incomparável Petrarca, benemérito da humanidade, não pelas suas obras de filosofia ou pelas suas missões diplomáticas, porém por ter amado sem esperança uma mulher:

"Amor que nel pensier mio vive e regna,
e'l suo seggio magior nel mio cor tene,
talor armato ne la fronte vène,
ivi si loca et ivi pon sua insegna...

Mais adiante dois indivíduos de catadura sombria, um na força da idade, outro em plena juventude, fitam a sala com expressão de ódio feroz.

O MAIS IDOSO — Sociedade criminosa e cínica! Quanto desperdício! Quanta ostentação! Ao passo que os maus aqui se refestelam, os bons, os proletários gemem e se estorcem nas garras da miséria! Que iniquidade, Gualtiero!

GUALTIERO — Mas essa ignóbil sociedade foi condenada. O castigo não tarda, companheiro.

O COMPANHEIRO — O castigo não tarda. Não bastam, porém, vinte ou trinta execuções, como as que efetuar-se-ão hoje neste palácio do vício! Cumpre destruir tudo, aplainar a terra, torná-la apta para as novas construções.

GUALTIERO — Eis, debaixo de minha capa, a bomba vingadora que abalará tal sociedade em seus fundamentos. O importante não é o número dos executados, mas a formidável significação do ato. Como vão tiritar de medo os infames potentados!

O COMPANHEIRO — Bem, Gualtiero. Não te falhe a mão no momento decisivo. Atira a bomba no centro da sala, de modo que os estilhaços se utilizem, fazendo a vingança a mais ampla possível. Avisar-te-ei na ocasião oportuna.

GUALTIERO — O meu braço não vacilará. Dediquei-me inteiro à santa cruzada da anarquia. Nada me prende ao mundo.

O COMPANHEIRO — E tua família?

GUALTIERO — Pai, mãe, irmão, irmã partiram para plagas distantes, tocados da miserável ambição da riqueza. Até tu, Giovannina, tão meiga, tão pura, não te conheço mais! Abomino a vida. A sorte designou-me para a realização da sentença. Bendita sorte! Meu braço não tremerá. Avisa-me, companheiro, avisa-me no minuto propício. Cumprirei o meu dever de forma digna de mim e da nossa terrível e justiceira missão.

O COMPANHEIRO — O teu dever?! Acho-me a teu lado para lembrar-te e punir-te, caso hesites. Ânimo! O grandioso instante se aproxima.

Tilintam as campainhas elétricas, anunciando a continuação do espetáculo. A multidão volta pressurosa a seus lugares. O regente da orquestra, emergindo do mar de cabeças descobertas da plateia, empunha a batuta, prestes a desencadear a canora catadupa. Por sobre o ruge-ruge das sedas e o arrastar das cadeiras, solene silêncio se alastra. O regente acena, sobe lento o pano: os instrumentos partem, em meio de religiosa atenção.

Deliciosa sinfonia, numa adorável decoração de sonho! Celebra-se a placidez da natureza num dia de natal primaveril. Gorjeios, sussurros de folhagens, trepidações de regatos, frescores, tons verdes de árvores, sombras, aromas silvestres, a serenidade melancólica dos campos, o anilado remoto das montanhas, a transparência do firmamento, tudo a música traduz de modo suavíssimo, de uma doçura insinuante, de uma meiguice que banha as almas de carícias etéreas, mergulhando-as num embevecimento de calma e plenitude inefáveis.

O COMPANHEIRO DE GUALTIERO — Agora... agora, irmão.

GUALTIERO *(lívido, erguendo-se, bradando)* — Viva a revolução social! Viva a anarquia!

Arroja com força a bomba no coração da sala. Detonação formidável! O edifício inteiro estremece dos alicerces à cúpula, presa de veemente convulsão. Apagam-se as luzes. A música cessa de súbito e é substituída por brados de terror, fracassos, baques de corpos, estrépitos de vidros partidos, tropel de gente que se evade alucinada. Turbilhonam nuvens de poeira faiscante. É medonha a catástrofe. O infernal aparelho estilhaçou-se, espalhando a morte e o estrago por todos os lados. Objetos inofensivos, cadeiras, instrumentos da orquestra, lâmpadas, transformaram-se em terríveis projéteis, propelidos pela explosão. Enorme a confusão pânica do primeiro instante! Todos gritam, todos saltam, todos correm, todos num desespero, se precipitam para as saídas. Ficam apenas ao desamparo os que morreram de golpe ou receberam ferimentos mortais.

Cavalheiros que, minutos antes, ostentavam primores de galanteria, cedendo o lugar, reverentes e gentis, às delicadas damas, rivalizam agora com elas em brutalidade, atropelando-se, pisando-se mutuamente, querendo passar, querendo fugir, num irresistível arranco do instinto de conservação, cegos, surdos, delirantes, mudados, de repente, em feras doidas.

Nas portas estreitas esmagam-se, sufocam-se. Abalroam-se nos corredores, rolam as escadas: e os que, após mil esforços desvairados, logram chegar à rua, disparam às tontas, rotos, sem chapéu, as mulheres seminuas. Só ao cabo de alguns segundos de desatino egoísta, readquirem a consciência da realidade e começam, então, frenéticos apelos — pais clamando por filhos, maridos pelas esposas, prantos, soluços, imprecações.

Ondas de curiosos acorrem às imediações do sinistro. Aparecem os representantes da autoridade, soldados a cavalo, bombeiros, com suas máquinas luzentes, recalcando o povo que mais e mais se aglomera. Trilham apitos, cruzam-se ordens desencontradas, chegam e partem carros à rédea solta.

Mas, a pouco e pouco, adotam-se providências para combater o incêndio e restabelecer a calma. Organiza-se o serviço de socorros e remoção das vítimas. O foyer do teatro, vasta galeria cheia de espelhos e estátuas, converte-se em hospital. Sobre cadeiras douradas e sobre os leitos de campanha trazidos de um quartel próximo, depositam-se os corpos transportados da sala em ruínas.

Há mutilações horrorosas. Aqui, uma bonita jovem, compridas luvas claras até os cotovelos, o colo descoberto, os cabelos castanhos engrinaldados de violetas, tem as pernas esmigalhadas, fendido o ventre, donde, entre retalhos de seda, escorre uma lama rubra. Ali, a um tronco de homem, de casaca, botões de brilhantes, camélia ao peito, falta uma parte da cabeça. Faces rasgadas, mãos em tiras, olhos vasados, fraturas, contusões de toda a espécie! Muitos morreram da asfixia proveniente da compressão: salientes as pupilas, a língua pendente, congestos. Dir-se-ia opulenta ambulância, após crudelíssima batalha, em que os combatentes houvessem pelejado em trajos de baile, o que lhes realça o horror dos golpes sofridos.

A um canto, amontoam-se objetos abandonados, leques, bengalas, lenços, joias, peliças; e adiante, fragmentos humanos — pernas, braços, dedos sem dono. Cirurgiões, em colete, manejando utensílios de prata, tresandando a ácido fênico, encetam azafamados o seu trabalho. Nódoas de sangue em toda a parte, nas mangas das camisas, nas paredes, no assoalho de mosaico.

Policiais, postados às portas, vedam o ingresso. Mas repórteres tomando notas, parentes e amigo dos feridos penetram à força. Dão-se pungentes cenas de reconhecimento, exclamações, abraços, carícias insanas a cadáveres desfigurados.

E no meio da turba trágica, vagam despercebidos, tremendo de frio e medo, alguns atores e bailarinas da ópera — estas ainda de saiote de gaze, coxas à mostra, aqueles em trajos medievais, longas plumas e espadas —, todos com profunda expressão de estupor nas faces tintas de alvaiade e carmim.

Um grupo de sujeitos mal encarados afasta-se cauteloso do teatro.

UM DOS DO GRUPO — Muito bem! Muito bem! A lição foi tremenda e repercutirá pelo mundo inteiro.

OUTRO — E Gualtiero?

O PRIMEIRO — Foi preso ou sucumbiu também, Desapareceu.

O SEGUNDO — Bem haja o seu nome. É mais um herói da santa causa. Se morreu, fê-lo denodado em seu posto. Aprendam com ele os novos companheiros.

O PRIMEIRO — Tratemos agora de nos acautelar. A polícia vai andar vigilante por algum tempo e não nos devemos sacrificar esterilmente. Por hoje, está cumprido o nosso dever. Durmamos em paz. E havemos de triunfar, companheiros, havemos de triunfar. Paciência e coragem!

TODOS DO GRUPO *(soturnamente)* — Havemos de triunfar! Havemos de triunfar! Viva a anarquia!

QUADRO SEXTO

Pequena estação de estrada de ferro insulada na solidão. A um dos lados do ligeiro edifício, corre caudaloso rio, cavalgado por uma ponte. Ao outro lado, numa clareira, eleva-se miserável venda. Atrás, um caminho pedregoso e barrento vai coleando pela mata a dentro. Matas e morros obstruem o horizonte, fios telegráficos no ar e trilhos na terra se estiram a perder de vista.

Junto à balança, na plataforma, empilham-se sacos de café. Em frente à porta da venda, animais selados, amarrados pelo cabresto a paus a pique, abanam moscas com a cauda.

No escritório o telegrafista dedilha sonolento o aparelho elétrico. Não menos entediado, o agente percorre um jornal.

Profunda paz indolente! A natureza selvagem constrange e oprime aquela guarita isolada da civilização.

O AGENTE — O *Sĭ* está demorado.

O TELEGRAFISTA — Já pediu licença há três quartos de hora.

O AGENTE — Talvez descarrilhasse na rampa perto do túnel.

O TELEGRAFISTA — São os costumados acidentes. Com as chuvas desabam facilmente barreiras.

O AGENTE — O estado de conservação da linha é péssimo. A administração faz política, em vez de olhar para os dormentes podres e o material rodante estragado...

Recaem no silêncio. Ouve-se o marulho do rio e as patadas dos animais nas pedras do chão. Da venda evola-se um murmurinho de vozes lentas. De repente, ronca distante o barulho do trem. Estruge em seguida um silvo da locomotiva, que ecos remotos reproduzem.

O AGENTE — Aí vem afinal o *Si*.

O TELEGRAFISTA — Quase uma hora de atraso.

O agente levanta-se empunhando uma bandeirola. Anima-se um tanto a estação. Saem da venda três caipiras fumando compridos cigarros, calças arregaçadas, pés nus e armados de largas esporas. Um moleque traz uma bandeja com xícaras de café e biscoitos de polvilho.

O barulho do trem avulta, como o de uma onda rolando. Eis a máquina que chega, a bufar. Meia dúzia de passageiros de primeira classe, as roupas sujas e amarrotadas, debruçam-se das janelas. Em ásperos bancos da segunda classe amontoam-se trabalhadores e negros, rodeados de embrulhos, os negros com as carapinhas grisalhas de pó. Alguns indivíduos desembarcam um instante para esticar as pernas. Vários tomam o café que o moleque apregoa. Outros bebem água às carreiras.

Curta a parada... O agente toca uma sineta; agita a bandeirola. O trem apita, põe-se de novo em marcha, foge, desaparece, devolvendo a estação ao seu marasmo.

Ficaram apenas dois passageiros de segunda classe, vestidos de luto, tendo uma trouxa por única bagagem. São Giovannina e Luigi. As pessoas da estação, depois de os fitarem um minuto com curiosidade, retiram-se indiferentes. Os caipiras montam a cavalo e partem. O telegrafista continua a remexer no aparelho, enquanto o agente escreve, bocejando.

Ampla tristeza letárgica reempolga tudo.

LUIGI — Estamos enfim na estação. Daqui à fazenda são cinco léguas.

GIOVANNINA — Partamos sem perder tempo. Devemos lá chegar antes de noite fechada. Não há onde dormir pelo caminho.

LUIGI — Vamos.

Carrega a trouxa, soltando um suspiro, e seguido de Giovannina, envereda pela estrada atrás da estação. Galgam suave ladeira e logo se encontram em pleno ermo, uma bronca picada, emoldurada e abobadada de mato, vincada de rastos de tropas e de sulcos produzidos pelos carros de bois.

LUIGI — E regressamos à roça donde não deveríamos ter saído! Respiro outra vez em liberdade. Fomos bem poucos felizes na capital. Não trouxe saudades.

GIOVANNINA — Nem eu. Só me lembro da Cândida. Que santa criatura! Quanto nos valeu no terrível lance que atravessamos! Em todo o caso, devemos dar graças a Deus: vendendo o que possuíamos, pagamos todas as dívidas e enterramos decentemente nossos pais. Resta-nos pouco. *(Apontando para a trouxa)* Nossa riqueza inteira aqui vai. Mas estamos livres. Foi a Cândida quem nos obrigou a sair imediatamente da cidade, receosa de que a epidemia nos vitimasse também. Resolvemos a viagem um pouco no ar, sem refletir. Eu cedi, incapaz de objeções, acabrunhada pela recente catástrofe. Durante o trajeto, vim meditando que andamos talvez precipitados. Também não tínhamos escolha. Só conhecemos a fazenda do Sr. João Carlos. Em suma...

LUIGI — Noto em ti certa repugnância por essa fazenda.

GIOVANNINA — Em mim?! Não... E agora, que remédio? É seguirmos para lá. Ânimo! A alma de nossos pais vela por nós.

LUIGI — Sabes o caminho?

GIOVANNINA — Não estou bem segura, mas havemos de acertar. Fomos e viemos, graças à bondade do Sr. João Carlos, em carro de bois, de sorte que pouco observei. Vamos indo.

LUIGI — E que tencionas fazer? Ficar em casa do Sr. João Carlos?

GIOVANNINA — Não. Pedir-lhe-ei somente que nos empregue em outra fazenda de seus amigos ou parentes.

LUIGI — Mas por que não ficaremos na do Sr. João Carlos, onde nos demos bem?

GIOVANNINA — Porque não... porque não...

Caminham calados. Caminham... Caminham... Sobem morros, descem encostas, sobem outros morros, descem outras encostas. Soledade absoluta! Apenas encontram bois e cavalos nos pastos, lobrigam sabiás e bem-te-vis que trinam voando, cotias, que se evadem ariscas, lagartos tomando sol. A estrada descreve frequentes curvas ondulantes;

agora se afunda, logo se empina; ora corta verdes descampados, ora margina catingas de arvoretas tortuosas e esparsas, ora ladeia maciços de folhagens, jazidas de troncos carbonizados, cercas brutas feitas de tocos velhos, despenhadeiros, no fundo dos quais córregos trepidam. Grandiosas as paisagens, mas de um grandioso solene e triste.

De súbito, um estrupido, brados... É uma tropa. Desfilam a madrinha, ornada do tilintante cincerro, as mulas com as cangalhas e sobre o couro que as rebufa o cambito arvorado como a haste de um pavilhão, por fim o tropeiro, o busto nu, garrucha e faca de ponta na cinta, cigarro atrás da orelha. Ao sair com Giovannina e Luigi, a tropa se esparrama. Algumas mulas param, afocinhando a erva.

O TROPEIRO — Eh mula! Eh diacho! Anda, Rubim... Olha Mulata... *(Avistando Giovannina)* Bons dias, siá dona.

GIOVANNINA — Bons dias. Tenha a bondade de me informar quanto dista daqui à fazenda do Sr. João Carlos?

O TROPEIRO — Poderá ter cinco léguas pequenas.

GIOVANNINA — E daqui à estação?

O TROPEIRO — Légua e meia grande.

GIOVANNINA — Qual o caminho?

O TROPEIRO — Não tem quase errada. Vá caminhando por aí afora até bater na encruzilhada. Na encruzilhada, quebra à direita. Vá andando... vá andando até outra encruzilhada. Aí quebra à esquerda. Tem uma porteira. Não faça caso da porteira, quebrando outra vez à esquerda. Depois, tem uma chapada, depois uma várzea, depois uma capoeira, depois outra porteira, depois está lá.

GIOVANNINA — Obrigada! *(o tropeiro afasta-se).*

LUIGI — Entendeste?

GIOVANNINA — Não muito, mas vamos indo, com auxílio de Deus.

LUIGI — O pior é que a distância aumenta. Na estação eram cinco léguas. Já são agora seis e meia.

Caminham de novo silenciosos, durante extenso trecho. Sempre a mesma perspectiva, acidentada, magnificente, melancólica. De raras choças de sapé, perdidas aqui e ali, apruma-se — único indício de vida — um movediço coruchéu de fumaça. Topam um menino montado num cavalo em pelo.

GIOVANNINA — Faça o obséquio de me dizer quanto há daqui à fazenda do Sr. João Carlos?

O MENINO — À fazenda do Sr. João Carlos?

GIOVANNINA — Sim.

O MENINO — Cinco léguas boas.

GIOVANNINA — E daqui à estação?

O MENINO — À estação?

GIOVANNINA — Sim.

O MENINO — Três léguas pequenas.

LUIGI — É então muito longe a fazenda?

O MENINO — É assim como daqui à casa de minha avó.

Luigi ri-se. O menino desconfiado bate com os calcanhares no animal e deixa-os. Caminham outra vez; caminham... Límpido em começo, o céu entra a escurecer. Densos nimbos o invadem. De chofre, chove violentamente. A estrada se transforma em lamaçal. Caldeirões atoladiços se cavam. Giovannina e Luigi, impossibilitados de andar, abrigam-se encharcados debaixo de uma gameleira.

LUIGI — Parece que nunca chegaremos. As tais cinco léguas crescem, em vez de diminuir.

GIOVANNINA — Havemos de chegar, se Deus quiser, havemos de chegar. Mais um pouco de ânimo e paciência.

LUIGI — E eu com fome! Minha sina é sempre sentir fome!

A chuva passa. Prosseguem pela estrada escorregadiça. Abrem frequentes porteiras, que chiam prolixas e estrídulas. Avistam um rancho, tosca palhoça erguida sobre esteios. Uma tropa está arranchada, as cangalhas deitadas circunflexas em enfiada, os couros desdobrados no chão. Animais, presos às estacas fincadas em fronte do rancho, trituram o milho dos embornais, enquanto o arrieiro os vai raspando. Outros arrieiros atalham cangalhas desconcertadas. Outros, sentados no solo com as pernas estendidas, endireitam em pequenas bigornas os cravos para ferraduras. A panela de feijão, suspensa de uma tripeça, fumega sobre o fogo dos gravetos. Giovannina e Luigi se avizinham, sem que lhes prestem atenção.

GIOVANNINA — É muito longe daqui à fazenda do Sr. João Carlos?

UM ARRIEIRO — Pouco mais de cinco léguas, pelo atalho.

GIOVANNINA — Poderei lá chegar ainda hoje?

O ARRIEIRO *(filando o céu)* — Pode, que ainda há quatro braças de sol.

GIOVANNINA — E qual o caminho do atalho?

O ARRIEIRO — Enxerga ali aquele morro?! Pois bota o morro nas costas e vai andando assim com ele toda vida, sem se importar com as encruzilhadas, nem nada, que chega lá. Num esquipado, a gente vai num pulo.

GIOVANNINA — Bem. Obrigada.

O ARRIEIRO — Agora siá dona não pode ir sem provar do nosso café.

Servem em caitás o cheiroso café coado num saco de baeta. Obrigam Giovannina e Luigi a aceitarem também fatias de requeijão que tiram das bruacas. Oferecem aguardente que denominam: a branca. Lhanos, respeitosos, chãos! Giovannina agradece e prossegue com Luigi.

Percorrem presentemente terrenos mais cultivados: pingues, capinzais, milharais bastos, canaviais, brandindo as folhas como espadas, grupos de bananeiras semelhantes a feixes de flâmulas, taiobas e inhames parecidos com escudos, e, nas meias-laranjas, destacando de tudo, pelo seu alinho, cohortes e cohortes de cafezais.

Esbarram de súbito numa cruz, construída de dois galhos amarrados com um cipó. Circundam-na montículos de seixos.

LUIGI — Aqui foi enterrado alguém. Estas pedras significam homenagem dos que passam.

GIOVANNINA — Vejo boninas e samambaias, artisticamente recortadas. Vamos deixar a quem aqui descansa um ramalhete silvestre.

LUIGI — É tarde. Isso nos atrasará a viagem.

GIOVANNINA — Não importa. Façamo-lo em lembrança de nossos pais, que nos abençoarão.

Formam o ramo e o depositam ao pé da cruz.

Cai rápida a noite. O silêncio e a solitude se intensam. Não é bem silêncio, mas uma espécie de massa fluida, informe, de vibrações surdas, longínquas, imensas, boiando invisível e a esmo na amplidão. A natureza se mostra mais enigmática e mais triste. Pios dolentes angustiam o ar. Bafos gélidos arrepiam as folhas. Parece que Giovannina e Luigi se aprofundam no isolamento.

LUIGI — Estou cansado... estou cansado... Intermináveis cinco léguas... Cinco léguas malditas!

GIOVANNINA — Apoia-te em mim para repousares. Se não puderes mais, a Madona me concederá forças para te carregar. Coragem! Está próximo o fim!

LUIGI — Imitarei teu exemplo. Caminharei sem me queixar.

Andam... andam... mudos, trôpegos. Concentrou-se a treva e difundiu ondas lutulentas em tudo. Os viajores enfiam por delgado brilho, no coração da mata, ladeado de altos barrancos. Árvores colossais se arrojam à altura, tapando o céu. Dos braços hirtos e cerdosos dessas árvores pendem milhares de lianas, lembrando legiões de cobras enforcadas. A sombra aí se povoa de sombras mais sombrias, o silêncio de rumores confusos e ainda mais misteriosos, escapos dos recessos da treva. Há suspiros, cochichos, zum-zuns, ranger de ossos, risos encobertos, passos apagados como na câmara de um morto. Afigura-se iminente a surpresa de terrível arcano, o advento de fatos sobrenaturais. Dir-se-ia que as coisas inanimadas se aprestam para cobrar fantástica vida e fazer estranhas revelações. Erram longos espectros, arrastando crepes, que os vagalumes rendilham de lantejoulas intermitentes. Confrangido, Luigi se aconchega da irmã.

LUIGI — Tens medo, Giovannina?

GIOVANNINA — Na culta Europa ou perto da cidade, teria. Aqui, não. São inofensivos e benignos os homens e os animais do interior do Brasil.

LUIGI — Que horas serão?!

GIOVANNINA — Não sei, mas devemos estar perto, que de sobejo temos andado.

LUIGI — E quanto nos restará andar, santo Deus?!

Saem da mata e desembocam numa várzea. A noite constela-se, mas a estrada batida sumiu-se sob espessa vegetação rasteira. Impossível orientar-se. Atolam os pés num brejo, onde insistente serrazina, como a serrilhar ferro, uma orquestra de rãs.

LUIGI — Bonito... bonito... acabou-se o caminho... Para onde havemos de ir?!

GIOVANNINA — Caminhemos sempre... Há de haver saída.

LUIGI — É imprudência continuar. Podemos tombar nalgum precipício, afogar-nos num lodaçal. Sentemo-nos até volver a madrugada.

GIOVANNINA — Sobe a uma árvore. Descobre alguma luz que nos sirva de farol. *(Retrocedem à mata. Luigi trepa ao cume de um alteroso tronco, afugentando um bando de pássaros que batem as asas irritados e lúgubres.)*

GIOVANNINA — Que avistas, Luigi?!

LUIGI — Trevas... um mar de trevas... trevas... só trevas...

GIOVANNINA — Haverá esperança de luar?

LUIGI — Qual! Há estrelas... muitas estrelas... mas pequeninas, solitárias, perdidas como órfãs... como nós...

Luigi desce. Os dois irmãos se assentam ao lado um do outro, debaixo da árvore, subjugados de desalento infinito. Ao cabo de algum tempo, Luigi adormece. O olhar de Giovannina, náufrago da escuridão, luta e se debate nas vagas negras que o assoberbam.

Mas, ei-la que tira do seio a imagem da pequena Madona, abraça-a, beija-a, ajoelha-se, alça a vista à cúpula frondente, pelos interstícios da qual, como fios sutis de aranhas de ouro, escorrem tênues cintilações siderais.

GIOVANNINA *(murmurando)* — Santa Madona, que tens cem anos, confidente, protetora, doce amiga de minha mãe e da mãe de minha mãe... Em nome das aflições que lhes leniste, das consolações que lhes concedeste, da fé que lhes inspiraste, compadece-te de mim, ilumina, inspira, abriga o meu coração. Sê minha amiga também, ó Virgem pura, ampara-me e conforta-me, como amparaste e confortaste à minha mãe e à mãe de minha mãe. Vê como estou hoje abandonada no mundo e me cabendo velar por meu irmão! Pouco te peço, milagrosa imagem: dá-me apenas disposição para o trabalho e energia para o cumprimento do dever. Santa Madona que tens cem anos, ajuda-me, por piedade, ajuda-me a carregar a minha cruz!...

Depois da oração, Giovannina se recosta serena ao pé de Luigi e parece dormir como ele. A noite prossegue seu itinerário, balizado do astros. Vem dos espaços uma paz, um recolhimento augustos. Ouve-se improvisamente o tropel do um cavalo. Giovannina e Luigi levantam-se sobressaltados. O tropel já aumenta, já esmorece. Acerca-se, por fim. Distingue-se um vulto.

LUIGI – Quem vem lá?

O CAVALEIRO *(parando)* — Sou eu, Matias, camarada do Sr. João Carlos.

LUIGI — Está muito longe a fazenda dele?

O CAVALEIRO — Está pertinho. Isto aqui já pertence à fazenda. É só beirar o brejo, subir o morro, passar a porteira. Desce-se logo no terreiro.

LUIGI — Obrigado. *(voltando-se para Giovannina)* Ouves?! Graças aos céus!

O CAVALEIRO — Eu vou a toda pressa buscar um médico para a mãe do Sr. João Carlos, que caiu com um ataque e está muito mal. Ainda tenho quatro léguas. Boa noite! Se se dirigem para lá, digam ao patrão que eu volto num abrir e fechar de olhos.

O cavaleiro parte a galope. Giovannina permanece pensativa, encostada à arvore.

LUIGI — Vamos, Giovannina, vamos. Quase nada falta. Em um quarto de hora chegaremos.

GIOVANNINA — Espera um pouco... espera um pouco.

Decorrem alguns minutos de silêncio. Luigi de pé, pronto para caminhar, Giovannina de novo sentada, imóvel, os olhos parados.

LUIGI — Vamos, Giovannina. Dir-se-ia que vacilas à última hora.

GIOVANNINA — Não... não hesito. A mãe dele doente... precisa de socorro. Vamos, cumpra-se a vontade de Deus.

Prosseguem. Breve escutam vozes. Latidos de cães os acolhem. Entram no recinto da fazenda. Insensivelmente se acham na porta da casa. João Carlos sai-lhes ao encontro.

JOÃO CARLOS — Será o médico?

LUIGI — Sou eu, Sr. João Carlos. Vim, com minha irmã, implorar a sua proteção.

JOÃO CARLOS — Luigi! Giovannina! Não me enganaram os meus pressentimentos. Voltaram! E Benedetto? E Isabella?

GIOVANNINA — Nossos pais morreram. Estamos sós na terra. Lembramo-nos de seus generosos oferecimentos e vimos pedir-lhe trabalho.

JOÃO CARLOS — Fizeram bem, fizeram muito bem. Depois que você saiu, Giovannina, saíram também daqui a alegria e a felicidade. Tive questões com colonos, a maior parte dos quais me deixou. Chuvas torrenciais estragaram as plantações. E, pior do que tudo, minha mãe adoeceu, minha mãe está mal. Não imagina o transtorno que essa moléstia produz. Mas como vieram vocês da estação? Vieram a pé? Já jantaram?!

GIOVANNINA — Viemos a pé.

LUIGI — Sem quase nos alimentarmos.

JOÃO CARLOS — Devem estar mortos de cansaço e de fome. Entrem... entrem...

GIOVANNINA — Não, Sr. João Carlos. Mande dar-nos uma casa de imigrante, como antigamente. Não tenciono ficar aqui. Meu desejo é que o Sr. me obtenha um emprego em outra qualquer parte. Aqui não; aqui não...

JOÃO CARLOS — Aqui não, por quê?! Em todo o caso, é tarde para se tratar disso. Amanhã veremos. *(Impele-os para dentro de casa.)*

LUIGI — É outra coisa... é outra coisa...

GIOVANNINA *(baixinho)* — Santa Madona, que será de mim?!

QUADRO SÉTIMO

O escritório do João Carlos, grande sala caiada de branco, num dos ângulos da casa. Poucos e singelos os móveis. Numa estante, encostada a um canto, volumes brochados e encadernados, papéis, mapas, objetos de agrimensor.

Espingardas de caça, facões de mato, garruchas penduradas na parede. Selins, chicotes de cabo de prata, esporas, botas de montar pendentes de um cabide.

Um largo armário, com as portas escancaradas, contém promiscuamente, em frascos, latas, caixas, toda a espécie de remédios, ao lado de uma balança, uma gral e outros utensílios farmacêuticos, ou aparelhos cirúrgicos. Junto à balança um formulário e um dicionário de medicina popular.

Ocupa vasta mesa o centro da sala. Sobre ela jazem em confusão livros comerciais abertos, ferramentas, jornais, um tinteiro, penas, amostras de café, um rolo de fumo, semelhante a uma cobra negra enrodilhada.

Suspensa entro dois portais, uma rede.

Tudo desordenado e rústico, mas claro, espaçoso, franco...

São sete horas da manhã. João Carlos, em rigoroso luto, já atendeu a várias pessoas e desempenhou multíplices misteres. Deu ordens a um feitor, que partiu para o cafezal; despachou um próprio que foi à estação; conferiu contas; registrou despesas; verificou o ponto dos empregados; releu a correspondência do comissário; escreveu cartas. E, seguida, examinou uma mulher e duas crianças enfermas. Auscultou-as, tomou-lhes o pulso, observou-lhes a língua; e depois de consultar o dicionário médico, preparou ele mesmo os remédios, que entregou aos doentes, com minuciosas recomendações.

Agora, ei-lo só. Com a faca de ponta que traz à cinta, pica devagar um pedaço de fumo, tirado ao rolo; esfarela os fragmentos na palma da mão; enrola-os numa palha de milho que, com a faca também, corta e alisa; acende, por fim, longo cigarro e atira-se à rede, balançando-se lento, meditativo.

Fora, vibra a animação da faina agrícola. Os homens e os animais que os coadjuvam entregam-se ao labor com o entusiasmo das primeiras horas. Nos terreiros secam camadas e camadas espessas de café. As máquinas funcionam, arfando. O sol, protagonista da divina comédia, fez sua estrela radiosa no infinito palco azul, surgindo dos bastidores das montanhas longínquas.

GIOVANNINA *(entrando, tímida)* — Dê licença, Sr. João Carlos, se não o incomodo.

JOÃO CARLOS *(erguendo-se)* — Entre, Giovannina. Você não me incomoda nunca.

GIOVANNINA — Desejo dizer-lhe duas palavras.

JOÃO CARLOS — Que quer você? Fale.

GIOVANNINA — Perdoe-me. São coisas muito sérias para mim... Ponderei longamente e...

JOÃO CARLOS — Continue. Escuto-a com todo o interesse.

GIOVANNINA — Quando meus pobres pais faleceram e vim aqui ter, eu não tencionava por forma alguma, creia, me demorar em sua fazenda. Vim quase maquinalmente; ou antes, naquela terrível conjuntura, vendo-me com meu irmão só no mundo, lembrei-me, Sr. João Carlos, alucinada, sem refletir, das suas generosas palavras, ao nos despedirmos, e voltei, assim, a esmo, ignorando como e porquê... Voltei, desculpe-me, à semelhança do náufrago que, no embate das ondas, agarra-se ao primeiro objeto que se lhe depara, sem cuidar da natureza desse objeto, nem medir as consequências do movimento.

JOÃO CARLOS — Você fez bem voltando. E depois?

GIOVANNINA — Meu projeto ao partir – Deus o sabe – era simplesmente afastar Luigi da cidade, e, ao chegar, socorrer-me do seu patrocínio, Sr. João Carlos, a fim de me obter em outra qualquer parte uma ocupação compatível com as minhas forças.

JOÃO CARLOS — Por quê, porém, não cogitava de arranjar aqui mesmo essa ocupação?

GIOVANNINA — Aqui, não. Não me podia convir. Sem meus pais, como trabalhar na roça? Dentro de casa, o senhor compreende, não era possível. Mas, chegando, encontrei a Sra. D. Clara, sua mãe, gravemente doente. Tomei a mim tratar dela pois não se ajeitava com a gente que a servia. Empenhei no cumprimento desse dever minha melhor vontade até que a Providência foi servida chamar a si a boa senhora...

JOÃO CARLOS — Você mostrou uma caridade, um desvelo, uma dedicação sem limites. A mais extremosa das filhas não dispensaria à minha mãe os carinhos que você lhe dispensou. Aturou as impertinências, esquisitices da pobre velha com inexcedível paciência. Graças a isso, ela teve um fim de vida mais suave. São obséquios que não sei como pagar.

GIOVANNINA — O Sr. João Carlos exagera. Tratando da Sra. D. Clara, eu me recordava da minha santa mãe, falecida pouco antes tão de súbito que de nada lhe pude prestar. Foi-me quase uma consolação.

JOÃO CARLOS — Não é só isto. Você assumiu, insensivelmente, pela serena imposição do seu prestígio, o governo da casa, que andava em plena desordem, por causa da moléstia de minha mãe. Restabeleceu a economia e o método, empregando uma doçura, a par de uma firmeza incomparáveis. Eu havia perdido a cabeça. Você substituiu-me em meus encargos. Nunca os colonos e camaradas lidaram aqui com pessoa a quem respeitassem e estimassem tanto. Você constituiu-se, durante cerca de um mês, a mais ativa, a mais meiga, a mais inteligente administradora que ainda existiu. Bendito o momento em que regressou!

GIOVANNINA — O Sr. João Carlos exagera cada vez mais. Eu vinha da cidade com o coração dilacerado. Procurei distraí-lo, trabalhando. E tentei também compensar até certo ponto com os meus serviços a benévola hospitalidade que o senhor concedeu a meu irmão e a mim. Mas presentemente tudo muda de figura. Venho pedir licença para me retirar hoje mesmo daqui.

JOÃO CARLOS — Retirar-se?! Por quê?! Para onde?...

GIOVANNINA — Depois da morte da Sra. D. Clara, não me é lícito permanecer nesta casa. Desapareceu a explicação de minha presença. Esperei alguns dias até que o senhor recuperasse a calma. A vida habitual restabeleceu-se. Não devo adiar a partida.

JOÃO CARLOS — Mas, ao contrário, hoje você é mais necessária do que nunca.

GIOVANNINA — Perdão, Sr. João Carlos. Falemos como duas pessoas honestas e leais, com inteira lisura. Não sou uma ingênua, cheia de ilusões. As cruezas da vida, a morte de meus pais me conferiram prematura experiência. O senhor é moço, solteiro e está só neste casarão. Com que título me conservarei eu ao seu lado? O senhor é tão inteligente e tão justo que me entende, e, no fundo, me acha razão.

JOÃO CARLOS — Ficará junto a mim como minha empregada. Sou de todo independente. Na fazenda predomina a minha vontade absoluta. Que me importa o resto do mundo?! Não tenho que dar nem dou satisfações a ninguém.

GIOVANNINA — Não é assim... não é assim... A gente vive a dar satisfações aos outros e a si próprio. Nem se trata do senhor só. Quanto a mim, a minha consciência, a recordação de meus pais, a responsabilidade para com Luigi me prescrevem severas obrigações. Não imagina quanto sofro quando ouço ditos equívocos e percebo olhares maliciosos à minha passagem. Muitas vezes, chego a me arrepender de ter voltado. Deixe-me partir, por quem é.

JOÃO CARLOS — E para onde projeta ir?

GIOVANNINA — Informaram-me de que na fazenda do Dr. Silva, daqui a seis léguas, precisam de uma criada para crianças. Irei para aí, e, se não me quiserem ou não me convier, tomarei novo rumo. No interior do Brasil, em toda a parte se encontra agasalho e não falta serviço a quem o pede sinceramente.

JOÃO CARLOS — Esse Dr. Silva é um bruto... Tem uma dezena de filhos que ninguém suporta, uma mulher impossível...

GIOVANNINA — A Santa Madona me concederá resignação.

JOÃO CARLOS — E se partir, levará Luigi?

GIOVANNINA — Sem dúvida; ele é o meu cavalheiro.

JOÃO CARLOS — Mas é absurdo... é absurdo... Você vai prejudicar a seu irmão, que está encaminhado. Manifesta extraordinário jeito para máquinas. Já ajuda o maquinista, já presta bons serviços, já ganha. Dalí sairá um homem de pulso, se não seguir outra vereda. Por que interromper-lhe a carreira, sacrificar-lhe o futuro?!

GIOVANNINA — Dócil e trabalhador como, mercê de Deus, me parece que realmente ele é, em qualquer ponto irá por diante. Querido Luigi! Não o posso deixar. Sou-lhe mais do que irmã, sou-lhe mãe, sou-lhe toda a família.

JOÃO CARLOS — É então a sua resolução de partir?!

GIOVANNINA — Costumo pensar muito antes de prometer ou fazer alguma coisa. Mas, adotado um propósito, sigo avante sem hesitação.

JOÃO CARLOS — E me desampara, e me abandona... Não tem remorsos... Não tem pena de mim, tão desgraçado, tão só?...

GIOVANNINA — Desejo ardentemente a sua felicidade. Mas não posso, não devo ficar. Demasiado prolongada vai a nossa conversa. Perdão...

JOÃO CARLOS — Você não me estima, Giovannina?

GIOVANNINA — Estimo-o, sem dúvida, como todos que o conhecem. O Sr. João Carlos disse há momentos que me devia algum reconhecimento pelo modo como tratei da Sra. D. Clara. Pois só há um meio de provar a sinceridade das suas palavras.

JOÃO CARLOS — Aponte-o.

GIOVANNINA — Não insistir neste assunto, não violentar a minha vontade, permitir que eu parta sem mais demora.

JOÃO CARLOS — Ainda não ajustamos as nossas contas. Você e Luigi são credores meus de não pequena quantia.

GIOVANNINA — Em breves minutos se ajustam. Pouco é. Não sou pobre soberba. Receberei o meu salário e o de meu irmão, porém, só o salário.

JOÃO CARLOS — Mais nada? E se eu quiser...

GIOVANNINA — Desejo me desculpe uma ordem que dei, sem o ouvir, usando de um resto da autoridade que usurpei durante a moléstia da Sra. D. Clara. Tendo como certa a partida, mandei que me aprontassem dois animais e um camarada. Daqui até onde tenciono pernoitar é longe, o sol está forte e os caminhos maus.

JOÃO CARLOS — E se eu os retivesse à força, se não fornecesse os animais? Você não ignora que sou o poder absoluto da fazenda. Com um gesto, impedirei a partida.

GIOVANNINA — O Sr. João Carlos não procederá dessa forma. Seria um abuso, uma indignidade, e eu tenho certeza de que o senhor é incapaz da mais insignificante ação má. Já me declarou que não conserva ninguém a contragosto na fazenda. Confio tanto na sua lealdade que, enquanto o senhor prepara as contas, vou lá dentro fazer as minhas despedidas. Luigi não tarda. Convém que partamos antes que o sol aperte. Com licença... *(Dirige-se para a porta).*

JOÃO CARLOS — Giovannina... Giovannina...

GIOVANNINA — Que ordena?

JOÃO CARLOS — Da outra vez que você partiu, arrependeu-se e voltou.

GIOVANNINA — Mais me arrependeria hoje, se ficasse. Não deveria ter voltado. Agora, juro, será definitivo.

JOÃO CARLOS — Ouça, Giovannina, ouça. Eu sou um descontente da vida, um desassossegado, um infeliz. Meu pai era um excelente homem, mas de espírito estreito, todo entregue a um áspero trabalho material que o inibia de se ocupar com a família. Foi ele quem desbravou neste lugar a mata virgem e plantou os cafezais. Minha mãe —conheceu-a — era um coração de anjo; possuía, porém, ideias preconcebidas, prevenções, certa altivez que a tornavam ríspida e seca para quase todos. Tive irmãos e irmãs, mas faleceram. Nunca os compreendi, nem eles me compreenderam. Absoluta incompatibilidade de gênios entre nós — eles três fegos, empreendedores, positivos; eu, sonhador, pouco propenso à ação. Passei a infância no meio de brenhas, isolado, tímido, soturno, destituído de carinhos e afeições. Por iniciativa própria, já adolescente, parti para cidade a fim de estudar. Durante quatro anos cursei aulas, li, aprendi o que pude, pois me estimulavam vagas aspirações. Nisto, morre meu pai de repente, e com pequeno intervalo, o irmão que me restava. Minha mãe ficou só comigo na terra. Parentes e amigos, o gênio de meus pais os arredara. Fui obrigado a deixar os estudos e assumir a direção da fazenda. Era uma quadra dificílima. Decretara-se de chofre a abolição do cativeiro, desorganizando todos os serviços agrícolas. Meu pai, confiando em que a negra instituição se perpetuaria, nada aparelhara para atenuar o golpe, e, sacando ousado sobre o futuro, contraíra onerosas dívidas. Vi-me de um dia para outro a braços com enormes responsabilidades, inexperiente, desprovido de vocação e de gosto para a profissão de lavrador. Não imagina quanto lutei, o que padeci, contrariando a minha índole, torcendo ou sufocando as minhas ambições! Segreguei-me do mundo, absorvido por trabalho que me repugnava. Que extraordinário esforço para não arriar a carga, desanimado! Quanta revolta, heroicamente suplantada em silêncio, quanto sacrifício obscuro e terrível! Afinal, a pouco e pouco, as coisas melhoraram. A gente com o tempo afaz-se ao que mais lhe custava em princípio. Há anos, vivo aqui sem amigos, sem relações, a labutar. Materializei-me, matei à míngua os meus sonhos. De quando em quando, entretanto, recaindo nas antigas veleidades, percorro algum livro de ciência e de arte. Vencendo relutâncias de minha mãe, consegui introduzir emigrantes na fazenda, inaugurei novos métodos de trabalho. Depois das primeiras levas, veio você. Eu supunha que os emigrantes fossem, sem exceção, brutos, sujos, ignorantes. Você causou-me verdadeira surpresa; foi-me aprazível revelação de um universo desconhecido. A lidar com você, experimentei sensações incógnitas de doçura e bem estar íntimo. Pareceu-me que encontrava enfim uma alma afinada pela minha, suscetível de me entender. Mas pouco durou essa felicidade. Quando, pela primeira vez, me atrevi a declarar a você o que sentia, você ofendeu-se e retirou-se. Sofri imensas saudades... imensas saudades... Animava-me, porém, o pressentimento de que você voltaria. Voltou, de fato, como um enviado da Providência, em amargurosa crise. Por novos títulos, aprofundou a minha gratidão e o meu afeto. Tornou-se insubstituível na fazenda. E agora, de súbito, quer retirar-se outra vez desamparando-me, de novo, a mim órfão como você, a mim mais desgraçado talvez, porque não me avigora a sua calma, a sua conformidade com a sorte, a sua doce coragem. Fique, Giovannina. Reflita, não é razoável, não é justo o que tenciona praticar. Tenha dó de mim. A existência sempre se me antolhou dura ou insípida. Nunca amei e nunca fui amado. Conheço apenas do amor ligações efêmeras com criaturas subalternas que me levaram a duvidar desse sentimento, atribuindo-o à mera ficção poética. Ignoro, confesso (e veja quanto sou leal) se o que você me inspira é amor. Mas lhe asseguro, com a máxima franqueza, com todas as forças secretas do meu eu, que ser-me-ia, além de útil, em extremo agradável vê-la a meu lado, a toda hora, prestando-me o seu concurso, auxiliando-me, velando por meus interesses, aconselhando-me, distraindo-me, suavizando-me os desalentos ao influxo da sua meiguice, confortando-me à luz da sua fé, pondo, em suma, uma nota de encanto, de novidade, de elevação na minha vida tão rasteira e monótona. Não parta, Giovannina, não parta...

GIOVANNINA — Não, Sr. João Carlos, o justo, o razoável, o sensato é que eu parta sem demora. Depois do que acaba de dizer, a minha permanência seria uma imprudência, um perigo para o senhor e para mim. Podia parecer até uma especulação.

JOÃO CARLOS — Por que não uniria você a sua sorte à minha?!

GIOVANNINA — Unir a minha sorte à sua?! Está gracejando, decerto. Não se lembra da incomensurável distância que nos separa?

JOÃO CARLOS — Distância? No Brasil não há distinções sociais. Procedem todos de idêntica origem, vivem no mesmo nível, podem ascender a quaisquer posições.

GIOVANNINA — Engana-se. No Brasil, como em toda a parte, certas coisas não se esquecem, nem se perdoam, abrindo abismos entre as classes e as pessoas.

JOÃO CARLOS — Que quer dizer com isso? Há alguma nódoa na sua vida, na de sua família?

GIOVANNINA — Nada existe na minha vida que me obrigue a corar perante a consciência e perante Deus. Tenho tanto orgulho da minha família de obscuros e honestos trabalhadores quanto de seus avós o mais altivo fidalgo.

JOÃO CARLOS — Mas, então?

GIOVANNINA — A sua confidência me obriga a outra maior. Não leu o senhor há meses nos jornais a notícia de uma horrível explosão num teatro italiano?! Não se recorda de que foi produzida por uma bomba e de que se chamava Gualtiero quem arremessou essa bomba?

JOÃO CARLOS — Recordo-me sim. Gualtiero, um fanático anarquista, um louco, um assassino, um bandido que sacrificou à sua sanha centenas de inocentes e subiu ao patíbulo com inaudito cinismo, pregando até ao derradeiro momento os seus hediondos princípios...

GIOVANNINA — Não era nem um assassino, nem um bandido, nem um louco, porém uma grande alma alucinada pela ambição de justiça e revoltada contra as iniquidades sociais. Errou e muito, mas tinha os mais nobres desígnios aos quais, como um mártir, sacrificou a vida.

JOÃO CARLOS — Pois você defende assim um celerado?! Conheceu-o?

GIOVANNINA — Gualtiero é meu irmão, meu querido e saudoso irmão.

JOÃO CARLOS — Não é possível! Como é que do mesmo ventre sairiam seres tão dessemelhantes: um — a ordem, a disciplina —, outro — a revolução desesperada; um — a bondade, a ternura personificadas —, outro — a intolerância feroz.

GIOVANNINA — Gualtiero é meu irmão e não me envergonho disso. Já vê o Sr. João Carlos que não pode conviver com a irmã de um louco facínora, que a sociedade suprimiu. Adeus.

JOÃO CARLOS — Ao contrário, Giovannina. Essa revelação reveste você a meus olhos de novo condão. Quem sabe se não há no que ocorre compensações providenciais? Gualtiero combatia a propriedade, você contribuirá para que ela se consolide e prospere; Gualtiero repudiava a família, você formará uma grande família, talvez.

GIOVANNINA — O Sr. João Carlos julga que me ofendeu e quer agora, com a costumada delicadeza, amortecer o efeito das suas primeiras expressões. Agradecida. Não me iludo. Essas primeiras expressões são as únicas sinceras, as verdadeiras. E partem de um espírito, como o seu! Imagine do dos outros! Que remédio? Constituem a explosão natural e espontânea do modo de pensar geral. Recalquem-na quanto quiserem: rebentará na primeira oportunidade. Adeus. Em poucos minutos partirei.

JOÃO CARLOS — Faremos Luigi de tal sorte que apagará Gualtiero.

GIOVANNINA — À primeira falta que praticar, lançar-lhe-ão em rosto que é irmão de um assassino.

JOÃO CARLOS — Nada a demove! Sim! É melhor que parta, desde que me não ama!

GIOVANNINA — Adeus! *(Retira-se. João Carlos arroja-se à rede e balança-se com ímpeto. Luigi entra.)*

LUIGI — Com licença, Sr. João Carlos. Vim despedir-me do senhor e agradecer as suas bondades.

JOÃO CARLOS — Estás também decidido a partir?

LUIGI — Eu, por mim, passaria aqui a vida toda. Mas Giovannina deliberou partir; só me resta acompanhá-la.

JOÃO CARLOS — Por que não a dissuadiste?

LUIGI — Ela sabe mais do que eu. Obedeço.

JOÃO CARLOS — Giovannina é uma ingrata, sem coração!

LUIGI — Oh! Sr. João Carlos! Que injustiça! Giovannina é a mais santa das criaturas.

JOÃO CARLOS — Bom. Partam quando quiserem. Nem preciso ver mais Giovannina. As contas de vocês são estas. *(Consulta os livros comerciais e entrega dinheiro a Luigi).* Dê-lhe isto. Estamos quites. Passem muito bem.

LUIGI — Adeus, Sr. João Carlos. *(Sai)*

João Carlos prepara vagarosamente um cigarro. Ao acendê-lo, fica a olhar parado para a chama do fósforo até que ela expire. Põe-se a fumar, deitado na rede, os olhos pregados no teto. Decorre um quarto de hora. Soa no terreiro tropel de animais. João Carlos ergue-se de um salto; e, oculto atrás da janela, vê partirem Giovannina e Luigi. Arremessa-se à rede, fecha as pálpebras e queda, imóvel, o cigarro apagado entre os dedos.

UM MOLEQUE *(entrando)* — O almoço está na mesa.

João Carlos não o ouve. Continua imóvel, na mesma postura. Passa-se o tempo. O sol invade o aposento. O moleque volta duas, três vezes, repetindo inutilmente: "O almoço está na mesa." Aparece, por fim, um preto velho, arrastando os pés, fisionomia folgazona, carapinha entremeada de branco.

O PRETO — Nhô João Carlos, o almoço está esfriando. Acorda, nhô João Carlos, acorda.

JOÃO CARLOS — Não estou dormindo. Deixe-me em paz.

O PRETO — Eh! Nhô João Carlos. Pai Joaquim precisa falar. Pai Joaquim é muito velho, mais ainda que sinhô-velho, pai de nhô João Carlos. Ajudou sinhô-velho a derrubar mato para criar esta fazenda. Apanhou muita surra de bacalhau, dormiu muita noite no tronco, promode cachaça. Mas pai Joaquim é amigo da casa e da gente, tanto que não saiu, como os outros parceiros, quando tudo virou forro. Pai Joaquim há de morrer, aqui, se Deus quiser.

JOÃO CARLOS — Que deseja você? Um pouco de pinga? Olhe que a pinga faz mal.

O PRETO — Deixa pai Joaquim falar, nhô João Carlos. Eu vi mecê pequenino. Armei muita arapuca, arranjei muito bodoque, cacei muito passarinho para mecê. Mecê sempre triste e mofino. Mas agora tristeza dobrou e está machucando coração de pai Joaquim.

JOÃO CARLOS — Obrigado, meu velho. Não estou triste; engana-se.

O PRETO — Deixa pai Joaquim falar. A italiana inchou a cabeça de nhô João Carlos e nhô João Carlos não tem jeito senão casando com a italiana.

JOÃO CARLOS — Que italiana? Giovannina? Ora essa! Não passa de uma colona espevitada, cheia de luxos e de partes.

O PRETO — Deixa pai Joaquim falar. Nhô João Carlos gosta dela e ela gosta de nhô João Carlos. Toda agente enxerga isso. Vai atrás dela e casa com ela, nhô João Carlos.

JOÃO CARLOS — Você está doido! Urna estrangeira... uma emigrante. Sabe lá o que existe na família dela? Consta-me que teve um irmão muito ruim.

O PRETO — Deixa pai Joaquim falar. Pai Joaquim também é estrangeiro, da costa d'África. O avó de nhô João Carlos era estrangeiro, de Portugal. Nesta terra, só não é estrangeiro o índio. A mesma árvore dá uma fruta boa, outra que não presta; esta sã, aquela com bicho. E quando a gente gosta de uma pessoa e a pessoa é boa e bonita, é quanto basta, não precisa olhar mais nada. Casa com ela, nhô João Carlos.

JOÃO CARLOS — E se ela não consentir?

O PRETO — Quando um homem quer bem deveras a uma mulher, faz a mulher querer bem ao homem também. A coisa é ser deveras... deveras... Sendo deveras, vence tudo.

JOÃO CARLOS — Está direito. Vou almoçar, que é tarde. E você, diga na venda, em meu nome, que lhe deem um copo de cachaça. É só o que pai Joaquim aprecia, essa imundície de cachaça, embora lhe cause mal.

O PRETO — Não fala de cachaça, nhô João Carlos. No tempo do cativeiro, cachaça me punha livre às vezes um dia todo. Hoje pai Joaquim está forro, mas é velho, fraco, macambúzio, e cachaça me faz moco, forte, dando cada risada de meter inveja. Todos tem sua cachaça. É até pecado botar fora a que a gente encontra. Casa com a italiana, nhô João Carlos.

JOÃO CARLOS — Onde aprendeu você estes conselhos, esta filosofia?

O PRETO — Filosofia?! Que diacho é isso? Pai Joaquim tem vivido muito, pai Joaquim tem padecido muito. E preto também pensa, nhô João Carlos...

QUADRO OITAVO

Vai em seu auge o banquete na espaçosa sala de jantar da fazenda. Compõe-se a maior parte dos convivas de fazendeiros da vizinhança — gente singela e inteligente, rostos requeimados, mãos calosas, fisionomias abertas, trajos domingueiros e desajeitados.

Quase toda masculina a assembleia. Algumas senhoras, de farfalhantes vestidos claros, não sentam-se à mesa, preferem dirigir de fora o serviço, em contínuas idas e vindas à cozinha, petiscando aqui e ali.

Sobre a grossa toalha anilada campeia extraordinária profusão de iguarias, simultaneamente ostentadas em travessas e terrinas colossais. Há alimento para o dobro das pessoas ali reunidas: leitões inteiros com o corpo condecorado de rodelas de limão, fixadas por meio de palitos; perus, o papo transbordante de farofa; pratos e pratos de arroz de forno, pontilhado de azeitonas; ervas à mineira, coroadas de linguiças; lombos de porco; quartos de carneiro; enormes empadas trazidas nas próprias caçarolas.

Os criados, moleques e crioulas, as carapinhas em pomposos topetes, giram tontos, em jovial azáfama, mal podendo discriminar as ordens e chamados que recebem ao mesmo tempo de todos os lados. Corre abundante o vinho de bojudos garrafões.

Ao lado da mesa principal, estende-se outra carregada unicamente de doces: copioso arsenal de compoteiras, bandejas, canequinhas, tigelas, contendo mil delicados produtos de açúcar combinado com ovos, leite, coco, fubá, polvilho, frutas, dispostos em massas florejadas, caldas, pirâmides elegantes, bolos variegados de uma infinidade de formas e tamanhos, pastéis e figurinhas alegóricas.

Come-se com prodigioso apetite. Cada pessoa tira o que lhe apraz, à vontade, erguendo-se constantemente, saindo do seu lugar, gracejando, falando alto, rindo às gargalhadas. Vivas, hips e hurrahs estrondeiam de minuto em minuto. Já houve brindes cantados, entoando um dos circunstantes coplas abusivas à festa, que os mais secundam em coro. Outros, jocosos, emitem por vezes repetidas as primeiras sílabas de um vocábulo estrambótico que os companheiros completam, gritando. Pai Joaquim foi levado bêbado para dentro.

Reinam a franqueza, a confusão, o alarido, excessiva fartura, absoluta falta de cerimônia ou constrangimento, alegria sob a sua manifestação mais espontânea e ruidosa, algo brutal.

Na cabeceira, João Carlos, todo de preto e gravata branca, está sentado ao pé de Giovannina, toda de branco. Conservam-se graves, tocando apenas nos pratos, a sorrirem distraídos, como num sonho, enquanto a eles se dirigem quase exclusivamente olhares e saudações.

Luigi, de roupa nova em folha, não descansa, auxiliando o serviço. Oferece vitualhas e vinho a todos os circunstantes, excitado, comunicativo, nadando em prazer.

UMA VOZ — Quem trincha o peru?

OUTRA VOZ — Moleque, vai buscar mais um pedaço de leitão. Do tostado, ouviu?

OUTRA VOZ — Você gosta de tutu de feijão e de linguiça apimentada. Tome lá.

OUTRA VOZ — Passe para cá o pernil. Não dê cabo dele sozinho, gente.

OUTRA VOZ — Você não come, seu Manduca. Está doente ou apaixonado?

OUTRA VOZ — Estou que nem uma sucuri, quando engole um boi.

OUTRA VOZ — À saúde do simpático Luigi, o italiano que, sem dúvida, há de ser um bom brasileiro!

TODOS *(gritando)* — Viva! Viva! *Hip! Hip! Hurrah!... Hurrah!*

UM CONVIVA — Então, Luigi, estás satisfeito?

LUIGI — Não caibo em mim. Nem sei exprimir.

O CONVIVA — Não sentes mais fome?

LUIGI — Na fazenda o perigo não é morrer de fome, mas de indigestão.

O CONVIVA — E quando voltas para a Itália?

LUIGI — Só quando for fazendeiro e rico bastante para passear, porque só irei lá a passeio.

O CONVIVA — Então viva João Carlos, viva D. Giovannina!

LUIGI — Viva! Viva! Viva!

No meio do barulho, um grupo permanece mais circunspecto. Formam-no os homens importantes, dos arredores, influências políticas: — o vigário, o médico, o promotor público. Desse grupo têm saído calorosos discursos, estrepitosamente aplaudidos.

UM DOS DO GRUPO — Ainda me parece um romance! Quem diria que uma italianinha, pobre emigrante, sem nada valer, presidiria esta função, como dona da casa.

O VIGÁRIO — Bem diz o rifão: *casamento e mortalha no céu se talha.*

OUTRO CONVIVA — Foi mesmo um romance: acabou em casamento, como todos os romances e comédias.

O PROMOTOR — Do casamento nasce a família e a família é a base da sociedade. Todas as peripécias e aventuras da vida têm por eixo o casamento e a família.

OUTRO CONVIVA — Você disse, coronel, que a italianinha nada valia. Engana-se. João Carlos é um felizardo e um maganão. Repare como está bonita. Na mulher a boniteza vale tudo.

O VIGÁRIO — Vale mais a bondade. Mas D. Giovannina reúne os dois predicados. É a mulher de que João Carlos precisava: tão ponderada, prudente, perseverante quanto ele entusiasta e temerário um dia, tímido e desanimado no seguinte.

OUTRO CONVIVA — E ninguém poderá afirmar que ela empenhou esforços para que sucedesse o que sucedeu. Ao contrário, esquivou-se quanto pode.

O VIGÁRIO — É verdade! Depois da morte de D. Clara, D. Giovannina saiu da fazenda, decidida a não mais voltar. João Carlos correu atrás dela, sem conseguir demovê-la. Em casa do Dr. Silva, onde em começo empregou-se, ela escondia-se no intuito de evitar as visitas do rapaz. Ante a insistência deste, partiu para a cidade, sem deixar a menor indicação, arriscando-se a lá morrer, como os pais. João Carlos que, havia anos, não punha o pé na cidade, abandonou tudo e foi-lhe à procura. Gastou meses em descobri-la. Só ao cabo de um ano de campanha, depois de tenaz resistência e vencida por tamanhas provas de amor e firmeza, D. Giovannina assentiu, concedendo ao seu pretendente a mão de esposa.

O MÉDICO — Aqui entre nós, reverendíssimo: talvez essa relutância não passasse de estratagema feminino. As mulheres são tão ardilosas!

O VIGÁRIO — Por aquela boto a minha mão no fogo, doutor. Vejam que desafetada simplicidade de maneiras, que modéstia no seu triunfo! Outra qualquer estaria doida de orgulho... E se o seu procedimento houvesse obedecido a um plano interesseiro, D. Giovannina não carecia sofrer tanto e curtir as necessidades que curtiu, durante a segunda estada na cidade, pois não se ignora que ela enfeitiçara João Carlos desde o primeiro momento, podendo alcançar sem demora o que porventura ambicionasse.

UM CONVIVA — Apoiado! Apoiado! D. Giovannina é a pureza em pessoa. Na sua história há um nobre exemplo. Não se envergonha de confessar que apanhou café!

O PROMOTOR — Em todo o caso, é bem original a nossa terra e está passando por singulares transformações. Há poucos anos pensávamos ser impossível prescindir do negro e do cativeiro. Quando numa fazenda ousava alguém falar em abolição imediata e sem indenização, levava toda a gente as mãos à cabeça, bradando: "Deus nos acuda! Deus nos acuda! É a ruína total. Nem pensar nisso!" Veio o 13 de maio, e em consciência, cumpre confessar que o diabo não se mostrou tão feio quanto se pintava. O lavrador dispensou perfeitamente o trabalho servil e o preto dispensou ainda melhor a proteção dos donos. Não acha, coronel?

O CORONEL — A lavoura prospera, não resta dúvida. Foi de ontem aquele regime e parece que vigorou há séculos! As crianças de agora, quando crescerem, hão de custar a acreditar no que lerem ou lhes contarem os velhos acerca da escravidão.

OUTRO CONVIVA — E estes estrangeiros!? Em começo, acreditava-se que eram todos uns vadios, uns insubordinados, uns ladrões, incapazes de se acomodarem aos nossos costumes e ao nosso clima, inábeis para substituírem os negros nos serviços da lavoura. Pois, meus senhores, hoje em certas cidades do Brasil ouve-se falar mais italiano do que português e não há fazendeiro que não procure emigrantes. Não chegam para as encomendas. Que venham! Que venham! A prova do quanto se mudaram as coisas está em que hoje uma italiana, uma emigrante, toma pé nesta fazenda, como proprietária, unida em matrimônio ao filho de um dos mais antigos lavradores da localidade. Que diria o pai de João Carlos, tão autoritário, tão conservador, tão inimigo de inovações, que diria D. Clara, tão cheia de prosápias, se assistissem a este espetáculo?

OUTRO CONVIVA — Nada diriam. Regozijar-se-iam, como nós. No Brasil não existem tradições, nem espírito conservador, nem motivos de prosápia. É um país especial, formado de heterogêneos elementos, fadado a raros destinos. Tudo se resolve aqui pelo inesperado e pelo imprevisto. Qual o nosso futuro? Haverá curiosas fusões, produtos novos e extraordinários. Feliz de quem viver daqui a cem anos. Será testemunha de maravilhosas cenas.

OUTRO CONVIVA — Mas, ultimamente, o Brasil tem padecido bastante.

O PRIMEIRO CONVIVA — Expiação talvez por haver tolerado por tão longo prazo o crime da escravidão.

OUTRO CONVIVA — Tem você lido, doutor, nos jornais, essas histórias de socialismo, anarquismo, niilismo, atentados medonhos contra pessoas e propriedades? Parece que a Europa inteira anda contaminada. Não se arreceia você de que com as novidades introduzidas entre nós surjam aqui também tais desgraças?!

O PROMOTOR — Nada receio, pelos menos durante demorado período. Na Europa, provém esses males do excesso da população, defeituosa distribuição da riqueza e escassez do trabalho. Transfiram-se para cá os descontentes e perseguidos. Aqui, ao inverso do velho mundo, abunda o trabalho, falta gente e ainda não se acumularam fortunas colossais. Nem se hão de acumular, graças aos nossos hábitos e às nossas leis. Eis a solução provisória do problema social, como o denominam: a emigração. Repleta a América, tocará a vez à África, depois à Oceania, depois... que sei eu?!... Suspeita-se que se estendem misteriosas regiões habitáveis para além das barreiras de gelo dos polos... Solução provisória e imperfeita, digo, como todas as soluções humanas.

OUTRO CONVIVA — Eu cá não entendo, nem me preocupo dessas coisas. Para mim, o mundo se resume em minha fazenda. Pouco me interessa mesmo o que sucede em pontos longínquos do Brasil. Aprecio a profissão de lavrador porque é a mais independente. Tem seus percalços, tem. Mas o lavrador vive tão livre quanto se pode ser. Nas suas terras, o proprietário vale mais do que um rei. O que devia instituir-se era cada fazendeiro administrar justiça por si, em seus domínios, governando como chefe, pai, ministro de Deus, a gente que convivesse com ele, prescindindo de autoridades e regras alheias. Quem não aprovasse o regime, saísse à cata de melhor.

O PROMOTOR — O compadre quer a reconstituição de uma espécie de novo sistema feudal. É a federação levada ao extremo. A ideia já tem sido aventada por mais de um pensador. Quem sabe? Quanta vez o mundo progride voltando atrás!

O MÉDICO — Qual! Não nos cansemos em abstrações estéreis. A nossa terra é grande, boa, rica. Aproveitemos a nossa terra. A vida é tão curta que mal dá para se cultivar um cantinho da natureza, quanto mais para arquitetar castelos no futuro! Cultive cada qual o seu cantinho da melhor maneira, trate do seu jardim, como aconselhava não me lembra quem. A natureza não sonha, nem formula projetos. Vai indo, tranquila, passiva, eterna, levada das superiores forças inacessíveis que a regem, forças a que de todo são menos que indiferentes os nossos vãos projetos, sonhos, cálculos e ambições.

OUTRO CONVIVA *(gritando da extremidade oposta da mesa)* — Que estão os senhores a matutar, há cerca de um século, nesse grupo sisudo! Hoje não é dia disso. Passa fora! Abaixo as caras fechadas! Toca a folgar, toca a rir.

OUTRO CONVIVA — Apoiado! Apoiado! Ouçam lá:

Noiva formosa
Por teu respeito
Reina a alegria
No nosso peito.
Vive ditosa
Por anos mil
E muitos filhos
Dá ao Brasil.

OUTRO CONVIVA —

Viva o cravo, viva a rosa
Viva o jasmim e a bonina,
Viva, viva nhô João Carlos
Viva dona Giovannina!

OUTRO CONVIVA —

Iaiá dá-me um doce,
Quem pede sou eu:
Iaiá não me atende
Não quer bem a eu.

Andorinha, tico-tico,
Saracura, sabiá,
Passarinho, bico verde,
Meu benzinho hoje aqui está.

OUTRO CONVIVA —

Pirulito que bate, bate,
Pirulito que já bateu,
Quem gosta de mim é ela,
Quem gosta dela sou eu.

Prolonga-se o banquete indefinidamente, sempre animado e ruidoso. A febre do regozijo e uma ponta de vinho produzem excessos: convivas há que trepam às cadeiras e à própria mesa para propor certos brindes. Quebram outros os copos, depois de beber.

Fartos da primeira mesa, passam-se à de doces. Nessa, comem de pé, aglomerados, provando de todos os manjares, confeccionados pelas senhoras, que os oferecem e preconizam. Erguem-se novas saúdes, ardentemente correspondidas.

Serve-se, por fim, o café. A assembleia se dispersa pela casa. Fumam os homens fortes cigarros.

Senta-se então à mesa segunda turma de convidados, que esperavam por lugar. Satisfeita esta segunda turma, vem terceira, e quarta, sem que diminua a prodigalidade dos alimentos, trazidos da inesgotável cozinha. Verdadeira multidão se abarrota, dividida em séries, até muito tarde.

Fora, os negros e colonos da fazenda organizaram nos terreiros original iluminação de lamparinas, acesas em cascas de laranjas partidas ao meio. Acenderam também, mais longe, altas fogueiras, onde assam batatas e milho em espigas, e sobre cujas labaredas dão saltos, em apostas de qual atinge maior distância. Ao som de violas e sanfonas, batucam e cantam. Botijas de cachaça andam de mão em mão. É um vasto coro constante de gargalhadas e interjeições de prazer.

Mas a geral alegria parece loucura quando em dois mastros iguais, arvorados em frente da casa, içam ao mesmo tempo a bandeira brasileira e a italiana. Delirante mó de gente rodeia os mastros, em declamações frenéticas, agitando os lenços e os chapéus, batendo palmas, saudando João Carlos e Giovannina. Soltam-se foguetes, estouram minas de pólvora, repicam sinetas e campainhas. Os noivos aparecem à porta agradecendo, o que redobra o entusiasmo.

Passa-se assim a noite. É quase madrugada. Convivas que moram perto retiram-se a cavalo, levando como lembrança da festa embrulhos de doces. Outros, que pernoitam na fazenda, procuram os seus aposentos, onde numerosas camas lembram o dormitório de um colégio. Um grupo de rapazes decide não se deitar. Persistem na sala e nos terreiros, a cantar modinhas e lundus, narrando anedotas, fumando e bebendo.

Mas, pouco e pouco, o barulho e a agitação entram a arrefecer. Nas mesas abandonadas só restam pratos servidos e garrafas vazias. Agonizam as luminárias. Já se não sublevam as fogueiras em flamas arrojadas, mas escabujam em curtos e rasteiros lampejos de um fogo pálido. Galos cantam. Baixam do espaço celeste um frescor, um apaziguamento, um convite ao repouso suavíssimos.

Encostada a uma janela do quarto nupcial, Giovannina imóvel fita o firmamento, marchetado de estrelas, espertas ainda. João Carlos, depois de transmitir as últimas ordens, fecha a porta, aproxima-se dela sorrateiro e lhe cinge a cintura.

JOÃO CARLOS — Estás triste, Giovannina?

GIOVANNINA — Eu? Triste?! Temo expirar de júbilo.

JOÃO CARLOS — Em que cismas então?

GIOVANNINA — Em meu desgraçado irmão, em meus pobres pais. Por que motivo eles sofreram tanto, ao passo que eu sou tão venturosa?

JOÃO CARLOS — Nasceste sob melhores auspícios, ou antes, mais aparelhada para a luta. Eras mais forte: venceste.

GIOVANNINA — Mais forte, eu?! Tão fraca. Tão miserável.

JOÃO CARLOS — Tinhas a teu favor, era primeiro lugar, a beleza, que é a suprema força. Depois, a calma, a perseverança, a meiguice, tantas outras armas infalíveis. Superam-se com elas quaisquer obstáculos.

GIOVANNINA — Sois suspeito, meu amável senhor, sois muito suspeito. Mas enganai-vos. Há enigmas na sorte dos seres. Por que razão, nascendo todos iguais, enquanto uns padecem, outros gozam; a uns tudo é fácil, contra outros tudo conspira?

JOÃO CARLOS — Hei de mostrar-te uns livros de ciência que explicam isso: sobrevivência dos mais aptos, acomodação ao meio... Porém, por Deus! Não é hora nem ocasião de tratar de tais assuntos. O leito nos chama. Vamos.

GIOVANNINA — Perdão à minha ignorância. Mas os seus livros de ciência nada explicam. Há sempre um mistério em nossos fadários. Por que surgem uns armados para a luta e outros não?!

Uma estrela cadente delineia na amplidão um traço de luz.

JOÃO CARLOS — Faze depressa um voto, Giovannina. Dizem que feito em presença de uma estrela cadente, com certeza se realiza.

GIOVANNINA — Tornar-te feliz, eis o meu único voto.

JOÃO CARLOS — Depende somente de ti.

GIOVANNINA — Se depender, sê-lo-ás como mortal algum ainda o foi.

JOÃO CARLOS — E então?

GIOVANNINA — Gualtiero dizia que os antigos consideravam o destino a divindade suprema, cega e insuperável. Homens e deuses curvavam-se ao seu império.

JOÃO CARLOS — As divindades antigas morreram. Há quem afirme que a noção moderna de lei corresponde à ideia antiga de destino: tudo predeterminado, o encadeamento indissolúvel dos fatos, a demarcação indestrutível das coisas. As divindades antigas morreram... Subsiste apenas uma, que é imortal e de todas as religiões.

GIOVANNINA — Qual?

JOÃO CARLOS — É o Amor, minha amada. É o Amor que nos ordena cerremos a janela e nos recolhamos. Amas-me, Giovannina?!

GIOVANNINA — Amo-te tanto, tanto... que sinto medo ante a imensidade do meu amor. Nasci num canto da Itália de propósito para vir te amar. Apesar do tempo e da distância, o primeiro vagido da minh'alma foi um anseio inconsciente por ti.

JOÃO CARLOS — Vem, minha adorada, minha esposa, meu primeiro, meu único, meu infinito amor. Vem. Amemo-nos... Amemo-nos... Amar é mais que viver. Amemo-nos... Que vale, que importa o mais?!...

Entrelaçados, beijando-se, encaminham-se para o leito...

Novas estrelas cadentes riscam o firmamento. D'onde vêm elas? Para onde vão?! Gérmens de astros? Almas penadas? Estilhaços de olímpicas catástrofes? Fogos fátuos do cemitério dos mundos?!...

Terra, céus, corações, porvir – mistério... mistério...

FIM

Alto da Serra (Petrópolis) Janeiro a abril de 1896

VERMELHO MARINHO

Spirit

BRASILIARIS.COM.BR